少年陰陽師

かたしろの翅を繰り紡げ

結城光流

19391

角川ビーンズ文庫

少年陰陽師
かたしろの
翅を
繰り紡げ

彰子（あきこ）
左大臣道長の一の姫。強い霊力をもつ。今は藤花と名乗る。

もっくん（物の怪）
昌浩の良き相棒。カワイイ顔して、口は悪いし態度もデカイ。窮地に陥ると本性を現す。

昌浩（安倍昌浩）
十七歳の半人前陰陽師。父は安倍吉昌、母は露樹。キライな言葉は「あの晴明の孫!?」。

六合（りくごう）
十二神将のひとり。寡黙な木将。

紅蓮（ぐれん）
十二神将のひとり、騰蛇。『もっくん』に変化し昌浩につく。

じい様（安倍晴明）
大陰陽師。離魂の術で二十代の姿をとることも。

登場人物紹介

朱雀（すざく）
十二神将のひとり。
天一の恋人。

天一（てんいつ）
十二神将のひとり。
愛称は天貴。

勾陣（こうちん）
十二神将のひとり。
紅蓮につぐ通力をもつ。

太陰（たいいん）
十二神将のひとり。風将。
口も気も強い。

玄武（げんぶ）
十二神将のひとり。
一見、冷静沈着な水将。

青龍（せいりゅう）
十二神将のひとり。
昔から紅蓮を敵視している。

脩子（ながこ）

内親王。天勅により、
伊勢に滞在していた。

安倍昌親

（あべのまさちか）

昌浩の次兄。
陰陽寮の天文得業生。

安倍成親

（あべのなりちか）

昌浩の長兄。陰陽博士。

天空（てんくう）

十二神将のひとり。
十二神将を統べる者。

風音（かざね）

道反大神の娘。以前は晴
明を狙っていたが、今は昌
浩達に協力。

藤原敏次

（ふじわらのとしつぐ）

昌浩の先輩陰陽生。
陰陽得業生。

イラスト／あさぎ桜

言葉は言霊（ことだま）。
名は、もっとも短い呪（しゅ）。

1

放たれた言葉を、予言という。


あちこちにある平屋のほとんどが灯りを落としていた。

もうじき日が変わる時刻だ。

夜闇を縫うように、いずこからか産声がした。

小屋の小さな窓から灯りが漏れて、元気のいい泣き声がしている。

囲炉裏に点った火が産屋を照らし、橙色のぼんやりとした光が、半分開いた跳ね上げ窓から外にこぼれている。

囲炉裏から少し離れた板の間に、何枚もの筵が重ねられ、使い古された布が敷かれている。

筵の端に幾つかの炭俵が重ねてあり、白い単姿の若い女が背をもたせかけ、その傍らに片膝をついた白髪の老婆の腕に、真新しい襁褓にくるまれた赤ん坊が抱かれていた。

「そら、きれいになった」

老婆が女に差し出したのは、つい先ほど生まれたばかりの赤ん坊だ。囲炉裏で沸かした産湯につかった赤ん坊は、顔を真っ赤にして泣いている。

女のそばには、赤ん坊の父親と、祖父がいて、ようやく生まれた子を見つめて嬉しそうに笑っていた。

老婆は、女のお産に呼ばれた取上婆だった。泣いている赤ん坊の父も母も、みな彼女が取り上げた。

この榎の郷の子で、彼女に取り上げられなかった者はひとりもいない。そして、この子が、取り上げる最後の赤ん坊だと決めていた。

もう歳だ。目も耳も弱くなり、腰も随分曲がってしまった。

最後に取り上げるのが村長の孫だったことは、老婆にとって幸せなめぐりあわせだった。

大変な難産だった。これはもうだめかと、誰もが覚悟したほどに。しかし、長い時間をかけて母のお腹から出てきた赤ん坊は、老婆がこれまで取り上げたどの子よりも大きな声で泣き出した。

産声を聞いて、息も絶え絶えだった母親は、その生命力の強さにほっとしたのだ。

「元気な後継ぎじゃのう」

取上婆が目を細めて赤子を覗き込む。

長の家族たちが、目にうっすらと涙を浮かべながらしきりに頷く。

榎の者たちを束ねる長は、初めて授かった孫にそっと手をのばしかけた。

そのとき、産屋に駆けこんで来る者があった。

「大変だ…！」

村の若者だった。その男の家には身重の牛がいて、確か夕方ごろに産気づいたと聞いている。

榎の郷は、土佐と阿波の国境に近い山奥の小さな集落だ。畑仕事に必要な牛を、郷の者たちは全員が大切にしている。

少し前に、年老いた牝牛が死んでしまった。仔牛が生まれれば、労働力が増えて、畑仕事が楽になる。郷人たちはそれを楽しみにしていた。

どうしたのか問おうと口を開きかけた長に、青ざめた男は言った。

「件が……！」

その場にいた全員の顔が凍りついた。

異様な雰囲気の中で、先ほど生まれたばかりの赤ん坊が、ひときわ激しく泣いている。

思いもよらない若者の言葉に、長は愕然として言った。

「件…？」

それは、あやかしだ。

若者は青い顔で頷くと、怯えたように泣いている赤ん坊を一瞥した。

「件が、何を」

長の語気が自然に固くなる。

榎の者たちならばみな、件がどのような妖であるかを知っている。

それは、生まれ落ちてすぐに人語を発し、未来を語る。

予言と呼べるものを放つのだ。

若者は、緊迫した面持ちの長一家と取上婆を強張った顔で順に見つめ、口を開きかけた。

その背後に、ゆらりと影が動く。

はっと息を呑んだ若者が肩越しに振り返り、よろめいて産屋の壁にぶつかった。

ゆっくりと音もなく、それは進んできた。

牛の体にひとの顔。つくりものめいた顔、感情の欠片もない目。

赤ん坊がひときわ強く泣いた。

女は息を呑んだ。妖が凝視しているのは、腕に抱いた我が子ではないのか。

男も気づき、妻と子を背にかばおうとした瞬間、厳かな声が静かに響いた。

『お前は、親友を裏切る』

空気が音を立てて凍りついた。

泣き叫ぶ赤ん坊をひたと見据えて、件は未来を語る。

『そして、人ならぬものの手で、殺されるだろう』

その場にいた全員が、赤ん坊を見つめた。

予言を放たれた子は、いずれ榎の長を継ぐ。
生まれた瞬間から、扉を隠す役目を負っている。
裏切りなど、郷人すべてを束ねる長には、もっとも縁遠いものでなければならない。まして
や、扉を隠し守る榎の、榊の者が、人ならぬものの手で殺されるなど、あってはならない。
榎の長が、人ならぬものに、妖に殺される。それは、扉が開かれるということに、ほかなら
ない。
誰もが言葉を失う中で、予言を放ったあやかしは、にいと嗤った。
その身体がゆっくりと傾き、倒れる寸前煙のように掻き消える。
あとには、血の気を完全に失った大人たちと、火がついたように泣き叫ぶ赤子だけが残され
ていた。

◇　◇　◇

光の射さない暗闇の中で、墨染の衣を被いた男は目を閉じていた。
絶え間なく響く、寄せては返す波の音。

ここは、夢殿の果てだ。

「……………………」


長の家に生まれた彼は、その血に恥じないだけの力を持っていた。

彼が、力だけでなく、聡明さも具えていたのは、いずれ負う役目に必要なものを神が与えてくれたからだということだった。

彼を取り上げた老婆は、会うたびに賢いお子じゃと言いながら頭を撫でてくれた。けれども、その目はひどく悲しげだった。

聡い彼はそれに気づいていたが、理由を尋ねることはしなかった。そうしてはいけない気がしていたのだ。

その理由を知っていると、いつも心のどこかで思っていた。詳しいことはわからないのに、漠然とそう思っていた。

物心つく前から榎の役目を聞かされ、そのための修行に明け暮れていた。

神の子から人の子になった、数えで七つの春。彼は祖父に呼ばれた。

そして、祖父は彼に語った。生まれたその晩に、件が放った予言を。


「……お前は……」


お前は、親友を裏切る。そして、人ならぬものの手で、殺されるだろう。

その場を見たわけではないのに、彼の心には、祖父の語った件の姿と声が鮮やかに刻まれた。

ならば、と。彼は懸命に心を鍛え、一層の修行に打ち込んだ。

親友を裏切らないために。人ならぬものに殺されないために。

そもそも、親友など作らなければいいのだと気づいたのは、十を過ぎた頃だったか。

妖と直接関わることがなければ、殺されることもない。そのために、式を、式神を持てばいい。危ないことは式神にさせればいい。そうすれば、自分の身は安泰だ。

予言を覆すために、彼は必死だった。死に物狂いで力をつけ、己れを磨き、郷の誰にも負けない実力を持つことができた。

榎の役目を果たすためにという名目で郷を出た。生まれたときからずっと近くにいた郷の者たち。歳の近い者もいた。彼らと親しくなることを避けるのは寂しくつらかったが、家族も同然の彼らを裏切ることだけはしたくなかったから、他に手がなかった。

友と呼べる者は生まれてからずっといない。

それでいいのだと思っていた。だから。

口では親友だと言いながら、その実、心を開いたことは一度もなかった。

気づかれていないと思っていた。あの男は、他者にまるで興味がない。自分のことを迷惑がって、鬱陶しがって、まともに取り合ってもいない。

だから、安心して詰め寄ることができた。言いたいことを言いたいまま口にした。遠慮なく思うままに振舞った。

友がいたらこうしたいと思っていたことを、すべてやった。

どんな顔をされても、何を言われても、気にならなかった。嫌がられても構わなかった。

絶対に自分のことを大事にしない相手にだから、それができた。

自分の心の奥底ほど自分の思い通りにならないものはないのだと、彼は死ぬまで知らなかったのだ。

彼は、予言に負けないように必死で抗いながら、結局予言に呑まれて死んだ。

件の予言ははずれない。

その本当の意味を、死んだのちに悟った。

被いた衣を少し上げ、闇色の波の彼方に視線を投じる。

そのときだった。

「――何をしている」

厳かであるにもかかわらず、風を切り裂く苛烈さをはらんだ声音が背に突き刺さり、榎岦斎は文字どおり飛び上がった。

「あわわわわっ」

慌てて振り返ると、墨染の衣をまとった冥官が傲然とたたずんでいた。

「貴様、俺に何を命じられたのか、言ってみろ」

峃斎は、思わず目を泳がせた。

「う…えーと……、柊子が死の間際に夢殿に隠した蝶を探して保護する」

冥官の口端が、片側だけ吊り上がった。

「ほう、覚えていたか」

「当たり前ですよ」

「では、お前はいまどこにいて、何をしている」

「――――」

峃斎はひくりと頬を引き攣らせて押し黙った。

青年の姿をした冥府の官吏は、凄まじく端整な相貌で、冷たく笑っている。

「……すみません。つい、昔のことを思い出して…」

「無駄な追想か」

無駄ときたか。

「……はい」

「そして無駄に悔恨していたわけか」

わぁ、これも無駄と言い切った。

「……そういうことになりますね」

彼の言うとおりなのだが、ひとつひとつが岦斎の胸に刺さって凄まじく痛い。

胸に手を当てて痛みを堪えている岦斎を、冥官は傲然と見下ろした。

岦斎は、苦虫を千匹くらい口の中に押し込まれた気分になった。見なくても、冥府の官吏がどんな表情をしているのか、想像がつく。

あれから六十年近く経ち、罪を償うべく冥官の手足となって働きながら、岦斎は様々なことを見聞きしてきた。

手出しは禁じられたが、人界の様子を窺うことは、咎められなかった。たくさんの事件が起こるたびに、岦斎ははらはらしながら晴明を見ていた。

親友なんてものは作らないと、思っていた。

絶対にあいつは親友なんかにはならない、だから大丈夫。

安心して言いたいことを言って、やりたいことをやれる。嫌われても構うものか。好かれるはずがないのだからむしろ気が楽というものだ。

ことあるごとに自分の中でそう繰り返すようになっていたことに、岦斎は気づかなかった。

自分自身に何度もそうやって念を押していたのは、とうの昔にかけがえのない友人になってしまっていたからだ。

おそらく、柊の末裔である柊子もまた、岦斎と同じだったのではないかと、思う。

大事な者を作らずに、ひとりで生きて、ひとりで死んで。責務も役目も何もかもをそこで終わらせるつもりだったはずだ。

しかし、岦斎が晴明や若菜に会ってしまったように、柊子もまた、文重に会ってしまった。

「――穢れがくる」

冥官の言葉に、岦斎ははっと顔をあげた。

暗い闇の向こうに、肌を刺すほどの冷気が生じて、少しずつ広がっているようだった。

「行きます」

岦斎は踵を返すと、飛沫を撥ね上げながら、波打ち際を駆け出した。

耳を澄ますと、重い羽音のようなものが、空気を震わせているのが感じられた。

「まずいな、早く見つけないと……」

この夢殿に、柊子の魂蟲がいるのだ。

岦斎は、柊衆最後のひとりが、死に逝く様を見ていた。

椿も、榎も、楸も、とうに滅んだ。現世の生を終えてからの岦斎は、それらをずっと見届けていた。榊衆のひとりとして、そうせずにはいられなかった。

冥官には一応断りを入れていた。情けをかけてくれたのかはわからないが、そういうときには、岦斎に何かの用を言いつけることを決してしなかった。

柊子が死んだのは、冬の日だ。

女房たちに囲まれた彼女は、力なく瞼を閉じて横たわっていた。

呼吸は安定し、血の気はないものの、表情も静かで、今日は御気分が良いようだと女房たちがささやき合っていた。

それが急変した。柊子は突然ひゅっと音を立てて息を呑んだ。

狼狽する女房たちには見えなかっただろうが、岦斎たちは視ていた。

いずこからか入り込んだ黒蟲が、薄く開いた柊子の唇から体内に入り込んだのを。

柊子は激しく身をよじり、重く咳き込んだ。息を継ぐ間もないほどの激しい咳で、女房たちがかける声もおそらく彼女には聞こえていなかった。

やがて彼女は、おびただしい量の血を吐いた。女房たちが悲鳴をあげ、薬師を呼べと叫んでいた。

柊子は幾度も血を吐いた。もう体の中がからになってしまったのではと思えるほどの量で、茵も袿も瞬く間に赤く染まった。

柊子はふいにのけぞり、ひときわ重く鈍い咳をした。そして、血とともに白い蝶を吐き出したのだ。

己れの内から生み出された魂蟲を見た柊子は、何かを悟った顔をすると、震える指で空に何かを描いた。

女房たちには魂蟲は見えない。奥方が何をしているのかも、わからなかっただろう。

翅から血のしずくを落としながらふわりと飛び立った白い蝶は、しきりに柊子の周りを漂っていたが、彼女の指の先に止まった。

白い翅をゆっくりと開閉させながら、蝶は柊子の面差しを見下ろしているようだった。

その白い翅に、うっすらと何かの模様が浮かび上がる。

岦斎は、はっと息を呑んだ。

柊子の指が描いた場所に、柊の葉のような形の黒い孔が開いたのだ。

そこからこぼれ出てくる風は、夢殿のそれだった。

同時に、重い羽音がだんだん大きく、近くなってきた。

柊子が声にならない声で何かを紡ぐと、白い蝶は夢殿につながる孔に、すうっと吸い込まれていった。

柊子はほっと息をついた。同時に孔が閉じていく。

突然彼女は顔を歪めた。血に汚れた唇をこじ開けて、黒蟲が這い出てきた。柊子はそれを血まみれの手で何とか捕らえ、ぐっと握り潰した。

その瞬間、数えきれないほどの黒蟲がどこからか侵入し、柊子に群がった。

女房たちには見えない黒蟲は、彼女の体を食いちぎることはしなかったが、血に汚れた口から体内に侵入した。

体内で蟲が暴れ回ったのだろう、柊子は声も出ない様子で苦しみ悶え身をよじってのたうちまわった。どうにか発したかすかな気息は重い羽音に掻き消された。

そして。

女房たちの前で、柊子は苦しんで苦しんで苦しみ抜いて、死んだのだ。

あのとき、柊子の最期を見届けずに、なぜ魂蟲を確保しなかったのかと、岦斎は冥官から手ひどい雷を落とされた。

柊衆の末裔が、いまわの際にしたことには、必ず意味があるはずだ。

白い蝶は魂蟲。柊子の魂の欠片。それを、よほどのことがないかぎり誰の手にもわたらない夢殿に逃がしたならば、その魂蟲には何かがある。

指摘されて初めて、岦斎はその可能性に思い至った。

あれからずっと魂蟲を探しているのだが、どこに雲隠れしているのか、一向に見つからない。

果たして魂蟲は、いまもこの夢殿にあるのだろうか。もしかしたら、夢殿ではない別のどこかに飛び去っているのではないだろうか。

ここは夢殿だ。夢は現、現は夢。想いが力となり、想いが形を作る。

徒人にはできなくても、柊衆ならば、魂蟲に何かを込めることも、己れの心の一部を託すこともできるはず。

そう思うのは、岦斎とてそれくらいの芸当ができるからだ。

扉の在り処を知る唯一の女が、死の間際に逃がした魂蟲。

黒蟲によって吐き出させられた魂蟲だったが、彼女はそれを誰にも渡さなかった。そのために、持てるすべての力を使い果たした。

岦斎にはわかる。

扉を守るためだ。榊衆の役目を、責務を、彼女は最後まで擲つことをしなかった。

「魂蟲は、どこだ」

闇の中を駆ける岦斎の耳朶を、重い羽音が掠める。

彼は立ち止まり、注意深く辺りを見回した。

あちこちに、低い塔のような岩がある。水音はいつの間にか消えて、乾いた砂がどこまでも広がっている。

どこからか吹いてくる風は夢殿のそれとは違い、体の中にするりと入り込み、凍えさせるほどに冷たい。

夢殿の最果ては、黄泉との狭間だ。

目を凝らした岦斎は、幾つか点在している岩のひとつに、白い欠片のようなものがへばりついているのを認めた。

「あれか…!?」

駆け出そうとした岦斎の耳朶を、重く鈍い音が打つ。

飛ぶように後退ったのは、無意識だった。体が勝手に動いたのだ。

岦斎がそれまでいた場所に、蟲のような黒いものが、わっと飛びかかって埋め尽くす。

「……黒蟲」

人界のそれを、安倍昌浩は黒い雀蜂だと思っていたようだ。しかし、本来黒蟲にさだまった形はないのだ。

極々小さな蟲がより集まって、それらしい形を取っていたにすぎない。

そして、夢殿の黒蟲は、ごくごく小さな黒い楕円に、四枚の翅が具わっているのだ。おそらくこれが本来の形なのだろう。

魂蟲と岦斎の間に割り込んできた黒蟲は、黒いつむじのように蠢きながら翅を打つ。その音が幾重にも響いてわんわんといびつに割れる。

「………簡単にはとおしてくれないか」

低く呟くと、岦斎は被いていた衣に袖を通し、静かに息を吸い込んだ。

水のない最果てに、しずくの落ちる音がかすかに木霊する。

ぴちゃん……。

◇　◇　◇

紙の束が落ちる音を聞いて、十二神将勾陣は反射的に瞼を上げた。

「…………」

無意識に身じろぎをすると、組んだ胡坐の膝に乗っていた白い物の怪の頭がずり落ちた。

いつの間に眠っていたのか。

物の怪の頭を膝に戻し、勾陣は軽く息をついた。

回復しているはずなのだが、気を抜くと意識が飛んでいる。

正体をなくしていても主の結界の内にあるから無事なのであって、これがあの尸櫻の界だったら勾陣も物の怪も生きていられないだろう。

視界のすみで、橙色の炎が揺らめいた。

見れば、茵を抜け出して衣を肩に羽織った安倍晴明が、燈台の灯りを頼りに折り目のついた料紙を広げている。

先ほどの音は、晴明が誤って落とした書物によるもののようだった。

勾陣は眉根を寄せた。

「晴明、横になれ」

脇息に寄りかかった晴明は、料紙から目を離して勾陣を見た。

「開口一番にそれとは。勾陣、お前宵藍に似てきたな」

「やめてくれ、冗談にしても質が悪すぎる」

本気で不本意そうな語気だ。

晴明はひとつ瞬きをした。

「お前、仮にも同胞のことを」

「あれに似てたまるか」

「そこまで力いっぱい拒絶せんでもよかろうに」

呆れた風情で首を傾けた晴明に、勾陣は前髪を掻きあげながら言った。

「話を逸らすな。茵に戻って横になれ」

いつの間にか主が起き上がっていた。なのに勾陣はそれにまったく気づかなかった。晴明が書物を落とさなかったら、たとえ彼が室を出て行ったとしても勾陣は眠ったままだったに違いない。

膝の上で微動だにしない物の怪の耳を摑んで、勾陣は眉間にしわを寄せた。

元はと言えば、これが悪いのだ。物の怪に体温くらいはくれてやろうと情けをかけたのが間違いだった。神気の完全に枯渇した十二神将最強は、意識がない分遠慮も容赦もない。だんだん瞼が重くなり、全身に倦怠感がのしかかり、ものを考えるのも億劫で思考が頻繁に止まるのである。

ぼんやりしているうちに意識が途切れて、しばらく経ってからはっと目を開ける。

ここ数日、ずっとその繰り返しだ。

しかも、気絶している時間がどうも長くなっているようだ。長い上に深いから質が悪い。

根こそぎ持っていかれていないのは、神気を完全に抑え込む物の怪の姿だからだろう。

「――――」

無言で物の怪を見下ろす勾陣に、晴明が釘を刺した。

「こら、そんな物騒な目で紅蓮を見るんじゃない。お前が何を考えているのか大体わかるぞ。お前のそれは八つ当たりだ」

老人の言葉に勾陣は半眼になったが、反論や文句を口にすることはなかった。

彼の言葉通りだという自覚が勾陣にはある。

深い息をつき、勾陣は頭をひとつ振った。

「晴明、お前は何をやっている」

神将の問いに、手にした料紙を少し掲げるようにして老人は答えた。

「文をな、読み返しておる」

それは、昼間届けられた二通の文だった。差出人は、陰陽頭と内親王脩子だ。

それぞれにしたためられた文言は違うが、晴明に伝えられた意図は同じ。

帝を死の病から救い、国の安寧を図るように。

陰陽頭からの文には、生死の淵をさまよっている陰陽寮の寮官を身代わりに立てるようにという指図が。

脩子からの文には、父までいなくなってしまったらという悲痛な訴えが。

それぞれ記された二通の文面を見比べながら、晴明は眉を曇らせた。

殿上人たちの判断は、冷徹で正しい。

大義のために捨てなければならないものもある。帝の存在は重く、若い寮官が助かる可能性は日に日に乏しくなっている。どうせ助からないならば、少しでも国の役に立つことこそが朝廷に仕える官吏の在るべき姿だ。

脩子の気持ちも痛いほど伝わってくる。聡明でおとなびた姫だが、やはりまだ十にも満たない子どもだ。最愛の母だけでなく、心のよりどころである父を失うことは、恐れ以外の何物でもないだろう。

なのだが、どちらの文も、どこかが妙に引っかかるのだ。

昌浩が播磨国と阿波国に向かうのを見送ったのは夜明け前だった。

十二神将六合と太陰とともに旅立った昌浩は、菅生の郷に立ち寄り、九流族の比古と無事に再会した。彼らは満身創痍のひどい状態だったが、命に別状はないところまで回復していると、夕刻間近に送られてきた太陰の風が伝えた。

昌浩の一行には比古が加わり、四国に入ったのが夕刻。阿波国に入ったところまでは報告を受けているが、夜に入ってからはなしの礫だ。

案じても仕方がないので、晴明は日暮れとともに床に就いた。が、どうにも寝つけなかった。時を数えながら眠りの波にさらわれるのを待っていたのだが、どうしてもそれがやってこない。どころか、妙に頭が冴えて、辺り一帯の音がいやに大きく聞こえる始末だ。

目を閉じてからそろそろ一刻は経ったかなと考えたとき、閉じた瞼の裏に突然二通の文が見えた。

違和感が、ある。二通の文。したためられた文言は理路整然としたものなのに、どこかにいびつさを感じる。

文字には、それを書く者の思惟がこもるのだ。晴明の感じた違和感は、文章そのものではなく、そこにこもった想いだった。

夜の帳に覆われてから大分時間が経っており、灯りのない室内は目が慣れても物の輪郭がどうにか判別できるかどうか。

壁に寄りかかっている勾陣が身じろぎひとつしないのと、規則正しい寝息を立てているのを確かめて、晴明はそっと燈台に火を点し、二通の文を広げて何度も読み返した。

そうしているうちに、肘が積み上げた書物に当たり、一冊が落ちた。

　それが勾陣を覚醒させた物音だったのだ。

　晴明の話を聞きながら手にある文と燈台を交互に眺めていた勾陣は、ため息をつきながら言った。

「それで、いびつさの原因はわかったのか」

　晴明は渋面になると、ふたつの文を文机にのせた。

　ゆらゆらと、橙色の灯りが揺らめいて、晴明の影を踊らせる。それに気を取られた勾陣の耳に、老人の低い声が忍び込むように聞こえた。

「……なぜ、身代わりをという話になったのだろうかと、気になった」

　勾陣は意味を摑みあぐねて目をしばたたかせた。

　晴明は、陰陽頭からの文に視線を投じ、思慮深い面持ちでつづける。

「確かに儂は昔どこぞの寺の上人を病から救ったことはあるが、都合よくそれを思い出した者がいるというのも気になるし、陰陽寮の寮官を身代わりとするという決議に誰ひとり異を唱えなかったというのも、気になっている」

　陰陽頭の文によれば、本日の朝議には、政に深く関わる殿上人たちがひとりとして欠けることなく揃い、満場一致で決定したということなのだ。

　勾陣は首を傾けた。

「帝の命がかかっているなら、貴族たちにとっては至極まっとうな選択だろうに」

帝は国の安寧の要だと、政の中枢にいるものならばみなわかっている。当然の判断だ。

しかし、勾陣の言葉に老人の表情が険を増した。

「誰ひとり欠けることなく、とある。ならば、参議である行成殿もおられたはず」

「それが……」

どうしたと言いかけて、勾陣はふと目を瞠った。

藤原行成は敏次と縁戚で、物心つく前から知っているのだ。敏次に陰陽寮に入ることを勧めたのも行成だ。

おそらく、朝廷にあって、誰よりも敏次の才覚を信じ、目をかけ、成長を喜んでいたのは行成だろう。

敏次が血を吐いて一時は心の臓が動きを止め、どうにかはしたがあのままでは儚くなるのも時間の問題である。

その報せは行成にも届いている。陰陽博士であり、行成と懇意にしている間柄でもある成親が使いを差し向けたと聞いている。

行成はずっと病の床についているが、今朝だけは無理を押して参内したはずだ。

「行成殿が、敏次殿を身代わりとすることに賛同したというのが、どうしても解せん」

決議に異を唱えた者はひとりもいなかったのだ。ならば行成も賛同したということになる。

帝のために敏次の命を差し出させることに、納得しているのだろうか。大義のために非情な決断をしたということなのだろうか。

しかし、晴明の知る行成の為人に、その行動はそぐわない。

「行成殿は聡明だ。完全に覆すことはできなくとも、決議に待ったをかけ、ほかに方法はないかと儂に使いをよこすくらいは、してもおかしくないはずなんだがのぅ」

それとも、そんなことも考えられないくらいに、帝の命は一刻を争うと、殿上人たちは考えているのか。

また、脩子の文も晴明の心に澱を落とす。

痛切に、ひたむきに、父の平癒を願い、救ってくれと懇願する内容だ。それがかなわなければ胸が潰れてしまいそうなほどの恐れと不安が、乱れた筆跡からこぼれ出ている。

あまりにも激しいその感情のうねりに、晴明は逆に違和感を覚える。

唐突なのだ。

帰京してからの晴明は、あまり自由に動き回ることができないので、式を飛ばしてあちこちの様子を窺っている。

式の見聞きするものだけでなく、時々やってくる雑鬼たちの様々な噂話や都の様子などから、どこがどういう状況で何が起こっているのかなどをできるだけ把握しているのだ。

つい先ごろには昌浩が、帝の病は内裏に満ち満ちた凄まじい陰気が原因だと突き止めた。

結界に囲まれた、清浄でなければならないはずの清涼殿に、木枯れから発した穢れが陰気となって充満しているというのだ。

帝の御座所がそうならば、黒蟲があちこちに出没していた都は、相当穢れに染まっているだろう。

時間をかけて少しずつ増していったそれに、都人たちはいつしか慣れてしまっている。

穢れには鋭敏であるはずの神将たちですらそうだったのだ。

脩子の住む竹三条宮でも木枯れが起こっていると聞いた。いつだったかに、命婦が藤花を相手に凶行に及んだという。

魔が差したようだったという話だ。

風音がいても、昌浩が訪れて気を配っていても、竹三条宮にも穢れはひそやかに忍び込んでいるのではないか。

「――――」

渋面で押し黙り、文を睨みながら思案している晴明に、勾陣は言った。

「内親王の様子を見てこようか？」

晴明は片眉をあげた。

「ううむ……。そうしたほうがいいかのぅ」

「お前の顔がそう言っている」

勾陣はおもむろに立ち上がった。

「これは任せた」

首を摑んでぶら下げた物の怪を晴明に渡すと、勾陣はふっと隠形する。

晴明はやれやれと息をつき、押しつけられた物の怪を床におろした。

「自分が動けないのはなんとも歯がゆいのぅ。なぁ、紅蓮や……」

ため息交じりの老人の言葉がぴくりとも動かない物の怪の背に落ち、音もなく消えていった。

2

戌の刻ちょうどにやってきた塗籠番にあとを任せた安倍成親は、陰陽寮を退出するとそのまま四条の藤原行成邸に向かった。

成親は、どうしようもないほど怒っていた。

朝議の席でどのような話し運びがあったのか、地下人の成親にはわかろうはずもない。

彼が陰陽頭から聞かされたのは、倒れた寮官に帝の病を移し替えよとの左大臣からの通達だけだ。

陰陽頭が言うには、昔祖父の安倍晴明が行った身代わりの術にまつわる話を朝議の席で誰かが持ち出し、合議の末、帝の御身から誰かに病を移し替えればよいとの結論に達した、ということらしい。

殿上人たちは、帝の命を救い奉る尊い役目を、いままさに死の淵にいる陰陽寮の寮官に与えたのだ。

実は成親は、殿上人たちの合議がどのようなものだったかには大して興味がない。

最終判断を下したのは左大臣だが、それとて、左大臣の立場と野望を考えれば妥当なところだと感じている。

成親は、将来を嘱望されている有能な部下を、いくらでも替えの利く物のように扱われたことに腹を立てている。そしてそれ以上に、だれひとりとしてそれに異を唱えなかったことに、凄まじい怒りを感じているのだ。

少なくとも、ひとりは断固として反対の姿勢を貫くべきだったのにと、腹の底が冷えるくらい猛烈に怒っている。

決定事項になってしまった以上よほどのことがなければ覆すことはできないだろうが、直接会って文句のひとつも言ってやらなければ成親の気がすまない。

すっかり夜も更けて真っ暗になっているが、慣れた路だ。灯りひとつも持たずに、成親はずかずかと早足で進む。

ふいに、水がしたたるような音が聞こえた。

「――――」

足を止めて、成親は周囲を見回した。

陰気の祓われた都の夜は、随分と呼吸が楽だ。しかし、さすがに夜歩きをする貴族の車もなく、それらを狙う夜盗の類もなりをひそめている。

視線を彷徨わせていた成親は、路の両脇に流れる水路に目を留めた。

水音はここからか。

納得はしたが、どうにも釈然としない。先ほど聞こえたのは小波ひとつない静かな水面にしずくが落ちる音だった。

しばらく辺りの様子を注意深く窺っていた成親は、やがてひとつ頭を振った。

「……気のせいか」

何かに見られているような気がしたのだが、それらしい気配はどこにもない。

成親は息をつき、行成の邸に急いだ。

路の真ん中に漆黒の穴が開き、そこから黒い水が広がる。波紋が生じ、音もなく妖が浮かび上がってきた。

妖の顎から、しずくが落ちる。

遠ざかる成親の背に向けて、妖はおもむろに口を開いた。

『――道を阻む憂いの根は、やがてすべて断たれるだろう』

四条の邸は、いやに騒然としていた。

門前で立ち止まった成親は、訝って眉根を寄せる。

「なんだ？」

ぴりぴりと張り詰めたような空気が門の外まで漂い出ている。

門を開閉した雑色は、来訪者が成親だと気づき、顔を歪めた。

「ああ、成親様、これは神の差配か」

報せを聞いた女房が出てきて、わっと泣き崩れる。

「成親様、殿を、殿をお救いくださいませ……！」

説明もなしに、成親は急きたてられるようにして母屋に案内される。

母屋の御帳台は几帳で囲まれ、その周りでは女房たちが涙で頬を濡らしている。

几帳の向こうから、低く押し殺したような咳が途切れ途切れに聞こえる。

その重い咳の響きに、成親の背がすうっと冷たくなる。

「何があった」

問う成親に、女房たちは口々に言い募ろうとしたが、詰まったような涙声が喉からこぼれるだけだった。

成親を案内してくれた女房が、几帳をずらして御帳台までの通路を作る。

進んだ成親は、御帳台の傍らで女房にすがって泣いている姫に気がついた。

姫は成親に気づくと、泣きながら叫んだ。

「おとうさまが……！」

中を確かめるために御帳台の帳を跳ね上げた瞬間、恐ろしいほど冷たいつむじ風が駆け抜けた。

しかし、よくよく聞けば、その風は羽音を立てながら飛んでいく。数え切れないほどのごくごく小さな蟲が、御帳台の中いっぱいに詰まっていたのだ。

ごほごほと、重く鈍い咳が成親の耳朶を打った。

ひとりの女房が手燭を差し出し、その灯火で中を照らすと、濃い色で濡れた茵と袿が目に飛び込んだ。

体をくの字に折り曲げた行成が、口に手を当ててひっきりなしに咳き込んでいる。その手はぬらぬらと濡れて、鉄の臭いが御帳台の中を満たしていた。

「行成…殿…？」

彼の面差しを久しぶりに見た成親は、心底驚いた。

こんな、すっかり肉の削げ落ちた骨と皮ばかりの容貌に成り果てていたとは。

朝議の席でそれを指摘する者はいなかったのだろうか。

成親の呟きが届いたのか、行成は喉をひゅうひゅうと鳴らしながら、のろのろと目を開ける。

しばらく視線を彷徨わせた行成は、手燭の炎が橙色に照らした成親の面持ちを見つけたのか、かすかに瞼を動かした。

「……な…り……」

言いかけて、行成は声を詰まらせると、重く咳き込んだ。

やまない咳で呼吸もままならず、彼は苦悶の表情で身をよじる。喉を掻き毟るように首を押さえる手も、血にまみれていた。

「……これは……いつから……」

ようやく絞り出した問いに答えたのは家令だった。

「陽が落ちて、燈台に灯りを入れに来たときには、もう……」

声まで蒼白になっている家令に頷きながら、成親は視線を走らせた。

御帳台の中は凄まじい陰気に満ち満ちている。まずはこれを祓わなければ。

動揺している家令たちに母屋から一旦出るように命じた成親は、彼らが廂に移動すると、呼吸を整えて拍手を打った。

重く鋭い音が二度響き、御帳台と母屋に満ちていた陰気が切り裂かれる。

「祓いたまえ清めたまえ、守りたまえ幸いたまえ」

何度か繰り返すと、重く垂れこめているようだった陰気が、徐々に薄まっていく。

しかしこれはあくまでも応急処置だ。完全に祓うには、それなりの準備と道具が必要だった。

それでも、行成の呼吸は随分楽になったようだ。ひっきりなしだった咳がやんでいる。

廂で身を寄せ合って御簾越しに様子を見守っていた女房たちが、表情を緩ませたのが気配で伝わってくる。

行成の枕辺に膝をついた成親は、水を入れた桶と綺麗な布を用意してくれるように頼むと、血染めの袿を剝いだ。

桶と布はすぐに運ばれてきた。成親の許可を得て入ってきた女房が、主の手や顔を丁寧に拭い清める。

まるで死人のような青白い肌が痛々しく、女房は目に涙をにじませた。

その間に家令が薬師へ使いを出した。

姫は、廂の間に端座して、涙をぽろぽろとこぼしながらそれらをじっと見つめている。

強い子だと、成親は思った。

母と妹を亡くして、いままた父まで亡くすかもしれない。その恐怖に懸命に耐えているのだ。

「実経君は？」

成親がそっと問うと、女房は姫を一瞥して声をひそめた。

「……ずっと、お加減がすぐれず、臥せっておられます。……時折、殿と同じような、咳をされていて……」

語尾が震えている。

成親はそうかと応じた。行成が落ちついたら、実経の様子も見たほうが良さそうだ。

女房を下がらせて、成親は行成の肩を揺すった。

「行成殿、行成殿。しっかりしてくれ」

細い息を継いでいた行成は、ほんやりと目を開けると、少し視線を彷徨わせた。

「……なり……ち……ど……の……」

「苦しくないか、いま家令が薬師を手配している」

行成は小さく頷くと、唇を動かした。

「……と……」

「む？」

口元に耳を寄せると、途切れ途切れに、行成は掠れ声でこう言った。

「……と……し……つ……ぐ……どう……して……る……」

「は…………？」

成親は一瞬、何を言われたのかわからなかった。

思わず訊き返す。

「は？　敏次？　どう、して、る……？」

何を言っているのだ、この男は。

行成をまじまじと見下ろした成親は、やがて自分がここに来た理由と、激しい怒りを思い出して眦を吊り上げた。

「あんたなぁ……っ」

声を荒らげかけて、成親はしかしぐっと押し黙った。こんな状態の行成に怒鳴りつけても仕方がない。

視線を感じて目をやると、女房たちと姫が、何事かという顔で成親を凝視していた。

一度深呼吸をした成親は、努めて平静を装った。

「敏次なら、陰陽寮だ。行成殿もご存じだろう、あれは……」

いま、時留の術の中で、深い深い、死にも等しい眠りについているのだ。

行成は緩慢に顎を引いた。

「……い…そが…し……だろ……う…」

「は？」

本気で訝る成親を、行成の目は素通りしている。

「……あれ…は……きま……じ…め……だ…から………」

きっといまも寝食を忘れて職務に励んで、こちらに顔を見せる暇もないのだろうが、いつか体を壊すのではと、気がかりだ――。

途切れがちに言葉を紡いだ行成は、苦笑にも似た顔で目を細め、そのまま瞼を閉じた。

「……行成殿？」

まさかと焦ったが、細く速い呼吸をしている。どうやら気を失っただけのようだった。

しかし、どういうことだ。

敏次が血を吐いて倒れたあのとき、成親はこの事態を報せる使いをこの邸につかわしたのだ。

病床にある行成に心痛を与えることには躊躇があったが、知らないままで済ませられるものではないと思ったからだ。

戻ってきた使いによれば、行成は大層打ちのめされた様子で、声も出ない有様だったという。

それが、いまの言葉はなんだ。

まるで、敏次の窮地など知らないように、いや、そんなことなどなかったかのように、生真面目な彼が健康を損なわないかと案じている様子だった。

「あの、成親様」

女房のひとりが怪訝そうに口を開いた。

「敏次殿は、いまどのようなお役目を？　お忙しいとは存じておりますが、できるだけお顔を見せて頂けると、私たちも嬉しゅうございます」

私たちも、と言いながら、女房の目は幼い姫を見ている。

姫はうつむいて膝の上で衣を握っているが、耳がみるみるうちに真っ赤になっていくのを成親は見逃さなかった。

「……使いの者が、こちらに伺ったはずだ、が…」

成親がようやくそう口にすると、女房は首を傾けた。

「あら？　そうでしたか？　それは、いつ……」

ふいに、成親の耳朶を、重い羽音が打った。

はっと視線をめぐらせる。梁の辺りに、祓ったはずの黒いものがひとかたまり生じていた。

同時に、どこからか、声が聞こえた。

『……夢を……見たのだ……』

目を瞠る成親の鼓膜を、静かで奇妙にねっとりとした声音が震わせる。

『……忘れて……日々を……繰り返せ……』

打ちのめされるような報せは、ただの悪夢だった。覚えている必要はなく、変わり映えのない日常を繰り返していけばいい。

どこからともなく聞こえるその声は、重い羽音に紛れて、繰り返し繰り返し、現実の上に偽りの記憶を塗り重ねているかのようだった。

頭の芯がくらりと揺れて、成親は思わず手をついた。

胸の奥で心臓が蹴り飛ばされ、全力疾走をはじめる。

ここにいてはだめだと、直感が訴える。

幾重もの羽音が、波が打ち寄せるように遠ざかっては近づいてくる。

成親は頭を振ると、立ち上がった。

「急用を思い出した。これにて失礼する」

見送りを断って、成親は急いで邸から出た。

門を抜けて肩越しに振り返る。邸全体が、黒い霞のようなものに覆われていた。

それは、目にも見えないほど極々小さな、黒い点の集合体だ。

昌浩は、黒い雀蜂だと言っていた。しかし、成親にはあれが雀蜂には到底見えない。

けれども、あれが黒蟲だと、直感で悟っていた。

黒蟲が邸を覆い尽くし、凄まじい陰気が満ち満ちている。いつの間に。

どうやってかわからないが、行成や邸の者たちの記憶が歪められている。

帝の身代わりに陰陽生を立てるという決議を、なぜ行成が反対しなかったのか。

これが理由だ。行成の中では倒れた陰陽生と敏次は、完全に別のものとして認識されているのだ。そして、帝を救い奉るという大義の前では、名も知らない陰陽生の命は虫の翅より軽かったのだ。

身代わりは陰陽生。陰陽生、と名をつけられれば、それが誰なのかということは埋もれてしまう。それは、その役についている某。

そこで藤原敏次という名が挙がっていたら、また別の結果になっていたかもしれない。しかし、朝議に列座する殿上人たちが、地下人の若者のひとりひとりの名を把握しているはずもなく、それが血肉と意思を持つ生きた人間であるという事実が掻き消えた。

成親は、片手で目許を覆った。

帝を救う。救わなければ。繰り返される言葉は言霊となり、殿上人たちの心をゆっくりと縛っただろう。

そして。

「……名は、もっとも短い呪…」


身代わりになるのは、陰陽生、というもの。人格のない、それだけのもの。

これは、陰陽生という名に発動した呪なのだ。

顔に当てた手をぐっと握り締めて、成親は頭をひとつ振った。

衝撃で打ちのめされている余裕はないのだ。

あのままでは行成や邸の者たちは陰気に侵されていく。実経が咳をしているのだと言っていた。放っておいたら敏次や行成と同じことになりかねない。

一刻も早くあの凄まじい陰気を打ち祓うための術を。

踵を返した成親の耳朶を、いやに大きな水音が打った。


ぴちゃん。


駆け出そうとした足が、どうしたわけか止まった。

気づけば足元に、黒い水面が広がっていた。

すぐそこにあるはずの行成邸の門も、路の両脇に植えられた柳も忽然と消え、漆を塗り込めたような闇が広がっている。

灯りひとつないというのに、足元に水面が広がっているのは見えるのだ。

「……これは……」

見下ろした爪先に、波紋が当たって水面が揺れる。

ぴちゃんと、再び水音がした。

顔をあげた成親の視線の先に、妖がいた。

……ぴちゃん。

◇　◇　◇

夢を見る。

繰り返し、繰り返し。

胎の子に向けられた呪いのような言葉が、繰り返し繰り返し、響く。

ああ、あのあやかしが、見ている。

胎の子を見ている。

つくりもののようなひとの顔が、ずっと見ている。

――この骸（むくろ）を礎（いしずえ）に、扉（とびら）は久しく開かれるだろう

この子が、骸に。骸が、礎に。

ならばこの子は死ぬのだ。骸になってしまうのだ。

死んでしまう。どんなに望んでも、救われることはない。

どれほど乞（こ）うても、行ってしまう。

どれほど請（こ）うても、逝（い）ってしまう。

ならば。

ひとりでは、いかせない。

夢を見る。

夢を、見せられる。

繰り返し、繰り返し。

夢を。

ぴちゃん……――――。

◇　◇　◇

枯れ木のように細くなった手を握り、成親は眠りつづける妻を静かに見つめた。

彼が帰邸したのは、亥の刻を半分も過ぎた頃だった。

父の帰りを待っていた子どもたちは、待ちくたびれて、母の横たわる茵の周りで眠り込んでいた。

成親は子どもたちを起こさないように抱えて運び、女房たちに任せて戻ってきた。

「……篤子……」

どのような悪夢を見ているのかを確かめるために、あらゆる術を使った。占じてもみた。神の助力も乞うた。けれども、どうしてもわからなかった。

もはや打つ手がないと思ったとき、妻が大切にしていた鏡がふと目に留まった。

結婚した折に、祝儀として祖父の晴明から篤子に贈られたものだ。質は良いが、それほど高価なものではない。

祖父は成親にこれを渡す際、ここに映されるかんばせが常に幸せに満ちた微笑みであるようにという禁厭をかけたものだ、とそれはもう素晴らしい笑顔で言い渡した。

それは言い換えれば、いつも幸せに満ちた微笑みで妻の顔を彩るのがお前の役目だ、という意味でもあり、聞いたからにはそうあるように励まなければならないということだった。

大陰陽師である安倍晴明は、何気ない言葉の中にそうやって呪をひそませる。

篤子はそんなことはもちろん知らなかったが、心尽くしの贈り物を大層喜んだ。

ほかの貴族たちから贈られた漆塗りの螺鈿細工の鏡を自分付きの女房に与え、さして高価ではない、言ってしまえばかなり地味なこの鏡だけを大切に使ってきた。

結婚してからの年月の分、想いの込められたものだ。

これになら、篤子の夢を映しだせないか。

そのひらめきに、成親は一縷の望みを託した。

そして、そこに映し出されたのは、牛の体にひとの顔を持ったあやかし、件の姿と。

その口から放たれた、恐ろしい予言の言葉だったのだ。

何度も何度も繰り返し響いた予言。そこに重なる水のしたたる音が、耳にこびりついて離れない。

そして、繰り返される夢の中で、恐れ、怯え、悲鳴を上げ、半狂乱に取り乱し、嗚咽し、声を嗄らして慟哭し、すすり泣き、やがて心が折れてしまった篤子の、絶望の面持ちが。

どれほど苦しかったか。どれほどつらかったか。

ようやく知った事実に打ちのめされた成親は、自分を立て直すまでにかなりの時間を要した。

「……お前が見ていた…悪夢は……」

自分の前にも現れた妖。

「……胎の子に…向けられた……予言、か……」

そして成親にもまた、件は予言を放った。

「……もっと早く……気づいてやれていたら……」

うなだれた成親の耳に、あの水音が、聞こえた。

……ぴちゃん。

成親は瞠目した。

彼らのいる室の外から、確かにあの水音がした。

まさか。

簀子の手を離して対屋の外に出た成親は、木々や草木で整えられた庭だったはずの辺り一帯に広がる、漆黒の水面に息を呑んだ。

水音がする。

辺りを見回した成親は見た。

幾つもの波紋が広がって、それがすべて重なるところにたたずむ妖を。

つくりもののような顔が、成親をじっと見ている。
「……くだん……」
掠れた声で呟いた成親は、件の背後にたたずむ影に気づいた。
ぼろぼろの衣を被いた女だ。顔は見えないが、華奢な肢体は女のそれに間違いない。
滑るような仕草で妖の傍らに立った相手は、被衣から覗いた唇をゆっくりと開く。
女と件の声が重なった。
『………………………………』
成親は瞠目し、やがて苦しげに顔を歪めた。

心が、捕らわれる。
予言という呪に、囚われる。

呪は、造られた未来への道を敷く。
そして心は、知らぬ間にその道をたどりだす。

だから。

件の予言は、はずれない。

3

◇　◇　◇

九流族の比古と神祓衆の氷知が遭遇したのは、讃岐と阿波の国境で、木枯れがひときわひどい谷底だった。

水を求めて底に降りた比古とたゆらは、同じように降りてきた氷知と、水辺で行き合った。

こんな山奥に住人はいないだろうと、比古もたゆらも気楽に考えていた。何も知らない者たちにとって妖狼族はとても恐ろしい獣に見えるだろうから、人里に近いところではできるだけ隠れて移動するようにしていたのだ。

それでも時々、本当にたまたま山に入っていた猟師や修験の山伏と鉢合わせることがあり、大抵相手がぎょっとして腰をぬかすか、悲鳴を上げながら逃げていく。

しかし、氷知は違った。

たゆらを見るなり、表情ひとつ変えずに攻撃を仕掛けてきたのだ。

巨大な狼が若者を襲っていると思ったのだと、互いの素性を明かした後で言っていた。

全力で殺しにかかった氷知の攻撃は相当なもので、たゆらは必死で逃げ回り、比古は彼らを追いかけた。

その狼は大丈夫だと懸命に訴えながら、深い山中を半刻以上駆けずり回ったと記憶している。

最後は霊術で足止めをかけたのだが、氷知はそれを瞬時に解いた。

その後、相打ちを避けるために互いに互いの素性を問いただし、少なくとも目下の敵ではないことに安堵した。

そこに、凄まじい速度で逃走していた狼が引き返してきたのだ。

攻撃が比古に向いていたら喉笛を嚙み切らなければと思ったのだと、朗らかに告げる狼を、氷知は複雑な面持ちで眺めていた。

たゆらは、逃げる途中で無人の郷を見つけたという。

彼らは狼のあとについてその郷に向かった。

無人でも、建物が残っているなら雨風は防げるし、井戸が使えれば水が手に入る。

季節柄食べ物には事欠かない。そろそろ日も傾きはじめているし、今夜はそこをねぐらにしよう。

どちらから言い出したわけでもなく、自然にそう決まった。郷まで同行することにしたのは、互いの持つ情報を交換するためだった。

先を行く狼が足を止めて振り返り、もうすぐだと笑う。
その言葉どおり、少し進むと幾つかの家が見えた。
ここがいいんじゃないかと狼が示した家の傍らには、大きな柊があった。
どこかに井戸があるだろうから探してくると、たゆらが尻尾を振る。
その身体が、突然吹っ飛んだ。
一瞬遅れて、氷知と比古もまた凄まじい衝撃を受けて跳ね飛ばされた。
突然の事態で混乱した意識の中、重く鈍い音が耳についたのだけを覚えている。
そのあと何があったのか、比古はまだ思い出すことができない。
けれども。
ひとつだけ、思い出した。
自分たちに叩きつけられたあの衝撃。
あれは、霊圧だ。
比古は、あれだけの力を自在に操れる相手を、ひとりだけ知っていた。
そして、自分たちを襲ったそれが、もういないはずの男の霊気そのものだったことも。
そう。
激しい頭痛に襲われながら、比古はようやく、それらを思い出した。

「……なんで…っ」

衝撃のあまり膝が砕けて立ち上がれない比古は、たまらずに叫んだ。

「どうしてだ！　どうしてたゆらを、俺を、お前が…っ」

もうとうにいないはずだった男は、黙ったまま微笑んでいる。

その目が少しだけ、困ったような色を帯びているように、比古には見えた。

比古は、本当はずっと信じていなかった。

死んでなんかいない。きっとどこかで、生き存えている。何か事情があって、姿を見せられないだけだ。きっとそうに決まっている。

だって。

自分は、彼が、彼らが、息を止めたところを、見ていない――――。

「真鉄…っ、どうして…！」

わからないことだらけで、吐き気がする。

それでも。振り絞るように叫びながら、理由もわからずに傷つけられたことに怒りながら、大事な狼を奪われかけたことを憤りながら。

それでも。

比古は、心の一番奥底で、嬉しいのだ。

生きていてくれた。もう一度会えた。

そのことが、堪らなく嬉しい。

嬉しくて、嬉しくて、子どものように声を上げて泣きたくなるほどに。

比古はついに顔を覆った。

「真鉄…真鉄…っ…いままで、どこに……どうして……っ」

激しい頭痛は、強くなったり弱くなったり、波のように変化する。呼吸がどんどん速くなって、体が異様に重く感じる。

懸命に言葉を紡いでいた比古は、それまで黙っていた昌浩がおもむろに前に出たのに気づき、訝しんだ。

昌浩の様子がおかしい。

顔をあげた比古は、昌浩の背に、凄まじい敵意を認めた。

「昌浩?」

呟いた比古の胸の奥で、突き刺すような痛みが起こった。

息が詰まり、すうっと血の気が下がっていく。

自分が瀕死の重傷を負い、止痛の符と術でどうにか動けているが、本当は絶対安静でなければならない状態だったことを思い出した。

そして、少し色の濃い灰色の狼は比古以上の重傷を負わされていたことを。

まだ意識が戻らないたゆらを神祓衆の郷に置いてきた。

比古とたゆらが菅生の郷に向かったのは、氷知に誘われていたからだ。

木枯れに関わる一連の事態が落ちついたら一度菅生の郷に訪ねてくるといい、と。

詳しい場所はあとで教えるという氷知に、自分は場所を知っていると、たゆらが胸を張っていた。

どうして知っているのかを不思議に思い尋ねたのだが、まぁちょっとと口の中でもごもご言うだけで教えてくれなかった。

たゆらの目が覚めたら、必ず聞き出してやろうと思った。そんなふうに思えるくらい、神祓衆たちのおかげでたゆらの容態は安定したのだ。

そうだ。たゆらは、指一本動かせないようなひどい状態の自分を背負って、この阿波からどうやってか海を越えて播磨国赤穂郡にある菅生の郷まで走った。

たゆら自身もあれほどの怪我を負っていたのに、一度も足を止めず、走りつづけた。

薄れていった意識の片すみに、たゆらの声がこびりついている。

もゆらに、お前を任されたんだ、こんなところで死なせてたまるか――。

比古の心臓が、何かに蹴られたように跳ねた。

たゆらの左目。潰されたのだ。容赦のない攻撃で。

昌浩の体越しに、被いていた布を落とした真鉄が、腰に佩いた剣を引き抜く様が見えた。

鼓動が跳ねる。早鐘を打って、息が上がる。

そう。

比古が携えていたあの鉄の剣を奪い取って、鞘を打ち捨て刃を振りかざしたのは、紛れもなく真鉄だ。

「……まが……ね……」

茫然と呟いた比古の耳に、昌浩の鋭い声が突き刺さった。

「お前は、誰だ」

真鉄と、彼の傍らにいる女が、笑う。

比古は混乱した。昌浩は何を言っているのか。

どう見ても真鉄だ。行方の知れなくなっていた真鉄が、見つかったのだ。

周りで羽音がする。濃く重い陰気がまとわりついてくる。

頭の芯がくらくらする。息が苦しい。

「答えろ。智鋪の祭司、お前は……！」

昌浩の語気が荒い。

智鋪の祭司。それは誰だ。誰のことだった。

比古は瞼を震わせる。

待て。自分はどうしてここにいる。

そうだ、真鉄を捜していた。行方が知れなくなって、ひじりの協力を得て――ひじり？

耳の近くで、遠くで。重い羽音が。波が打ち寄せるように。

鼓膜を震わせて、頭の奥に、心の底に、羽音が幾重にも。

塗り重ねるように。塗り固めるように。

ひじり。ひじり。ひじ、り。それは。

「…………だれ……？」

虚ろな声で茫然と比古が呟いた瞬間、怒号が轟いた。

「失せろ――――――っ！」

爆発的な竜巻が巻き起こり、飛び交っていた黒蟲たちをまとめて吹き飛ばした。

風圧でよろめいた比古は、たくましい腕に背を支えられた。

ぽかんとしながら視線をめぐらせると、緊迫した面持ちの長身の青年が険しい目をしている。

これは誰だったかと、比古は考えた。

「……十二、神将」

その傍らに、神気をまとって宙に浮き、眉を吊り上げている幼い風体の少女。

「六合と、太陰」

呟いて、比古は目を閉じて頭を振った。

いま、自分は何を考えていた。思考が妙に歪んでいなかったか。

一瞬とはいえ、氷知のことがわからなくなっていた。忘れかけていた。いくらなんでも、そんなことはありえないのに。

神祓衆の氷知は、たゆらと自分を敵の追撃からかばい、逃げるための時間稼ぎをしてくれたのだ。

どうしてそういうことになったのか。

ひとつひとつ記憶を手繰る。

そうするごとに、比古の肌から血の気がみるみる引いていく。

氷知が盾になってくれたのは、現れた敵の顔を見て、自分とたゆらが動けなくなったからだ。

信じられない思いで、動きも思考も止まり、その面差しを凝視することしかできなかった。

霊圧を叩きつけられても、剣で撫で斬りにされても、切っ先を突き立てられても、動けなかった。まるで夢を見ているように、現実感がなかった。

自分たちをなぶるように傷つける男が薄く笑っているのが、信じられなかった。こんなことは嘘だと思った。

だから夢だと思った。夢なら悪夢だった。

心が凍てついた無抵抗のふたりを、だから氷知が文字どおり体を張って逃がしてくれたのだ。

鼓動が跳ねる。

そうだ。これは夢なんかでは、決してない。

これは、紛れもない現実だ。

太陰の竜巻で散らされた黒蟲たちが、重い羽音を立てながら再び集いはじめている。

昌浩は、真鉄の顔をした男を睨めつけたまま、三度問うた。

「お前は、誰だ。……智鋪の祭司、まさか、お前は……！」

昌浩の脳裏に甦るのは、四年前の情景だ。

道反の聖域につながる千引磐の前で、昌浩は智鋪の宗主と対峙した。

宗主と呼ばれていたのは、榎岦斎の軀。とうの昔に絶命した男の亡骸を、智鋪は器としていたのだ。

昌浩の胸の奥で鼓動が跳ねている。

目の前にいる男は、智鋪の祭司と呼ばれている。あやめがそう呼びかけていたから、間違いなくこの男が智鋪の祭司なのだ。

しかし、昌浩はその男の面差しを良く知っている。

九流族の末裔。奥出雲の地で、大妖八岐大蛇をこの地上に復活させようとしていた男。

肩越しに背後を一瞥すると、茫然としている比古の姿がある。

祭司と呼ばれる男は、比古の血族で、もっとも信頼を寄せていた従兄、真鉄だ。

見てくれの器は確かに真鉄だ。だが、男が放つ霊力や身にまとった雰囲気は、真鉄のものではない。

昌浩は知っている。これは、智鋪の宗主と呼ばれていた男と同じもの。

拳を握り締めて、昌浩は低く唸った。

「……軀を器に仕立て上げたか、智鋪……！」

むくろ、という言葉に、後ろの比古が強張ったのが気配で伝わってきた。

「……なんだよ…それ…」

弱々しい声音が背にぶつけられる。昌浩は顔を歪めた。

比古がいまどんな思いでいるのか。想像するしかできない。比古の気持ちは比古だけのものだから。

けれども、智鋪衆が彼の心を踏みにじっていることだけは、わかっている。

「あれは、真鉄だ」

「比古…」

振り向いた昌浩は、激しく頭を振る比古と目を合わせた。縋るような、思いつめた眼差し。

比古が見ているのは、鉄の剣を手に薄く笑っている男だ。

「……ねぇ、祭司様」

甘えるような媚びた声で、あやめがねだる。

「この蟲を連れて行っても構いませんか？　代わりに……」

蝶を捕らえた手を胸に当てて、あやめは首を傾けると無邪気に笑った。

「あれを、お使いください」

空いた手が朽木の向こうを示す。

同時に、昌浩の全身は音を立てて総毛立った。

黒蟲たちの羽音がひときわ大きくなり、風を震わせて朽木を揺るがす。

辺り一面に漂っていた死臭が強まっていく。

あやめが祭司の許を離れると、黒蟲の一群が彼女にわっと群がった。彼女は黒蟲たちに応じるように諸手を広げる。

昌浩ははっとした。

先ほど智鋪の祭司が現れたときと同じく、集った黒蟲が別の場所につながる扉を作り出す。

陰気の塊に穿たれて、別の次元への扉がこじ開けられたように見えた。

あやめの姿が扉の奥にするりと消える。魂蟲を抱いたまま、手の届かないところへ。

昌浩は反射的に駆け出した。

「待て！」

閉じかけた扉に躊躇なく飛び込んだ昌浩を、智鋪の祭司は止めることもせずに横目で眺めていた。

あと少しで次元が閉じる。

「ここ、任せたから！」

黒蟲と羽音を蹴散らしながら同胞に叫んだ太陰が、昌浩のあとを追って扉に滑り込む。

ひと刹那ののちに、黒い塊は四散して数え切れない黒蟲が狂ったように飛び交った。

濃密な死臭と、どこまでも広がる朽木と、黒蟲の大軍に囲まれて、十二神将六合は真鉄の顔をした男を凝視する。

六合は比古を支える手を離すと、彼をかばうように一歩前に出た。

飛び交う黒蟲が撒き散らす陰気と、それが凝り固まった穢れが頭上から降り注いでくる。

穢れがまるでしたたり落ちているように感じた。息苦しいほど、濃密な陰気に包まれる。

六合は、主である安倍晴明や同胞たちの語った尸櫻の界のことを唐突に思い出した。

穢れた櫻と膠の邪念。繰り返される絶望の言葉は、いつしか耳にこびりついていったという。

ふいに、どこからか、たぷんと、重い水が揺れたような音がした。

足元から、異様な陰気が這い上がってくる。神気も体温も、ごっそりと抜かれるような危うい感覚。

かの世界にはびこっていた膠の邪念は、生きものの精気を奪い死に至らしめる、穢れそのものだ。

陰気の満ち満ちた空気を吸い、穢れの染み込んだ大地に触れつづければ、心は歪んで壊れていく。

尸櫻の世界において、屍という少年はそうやって心を歪ませていった。

神将たちも同じだったと聞いている。いびつになった己れ自身の思考に、誰ひとり気づかなかったと。

ふいに、六合は目を瞠った。

木枯れて気枯れて、穢れていく世界。

もしやそれは、尸櫻の界と同じ現象を引き起こすのではないか。

陰気に触れつづけ、穢れに染まりつづけ、やがて心が歪んで傾き、狂っていく。想いが塗り替えられ、記憶が差し替えられ、違和感そのものを消していく。

九流族の真鉄の顔をした男が笑っている。

その背後で飛び交う黒蟲の群れ。その奥に、ゆらゆらと揺らめきながら、集まってくるものがある。

甘ったるい死臭がきつくなったのを六合は感じた。

真鉄に従うように集ってきたのは、ぼろぼろの衣をまとった白骨だった。この死臭は白骨が発しているものだったのだ。

数えきれない白骨に黒蟲が群がって、見る見るうちに形を変えていく。

まるで屍蠟のような肌をした傀儡たちが、眼球のない眼窩で一斉に六合を見た。

同時に六合は、地についた足の裏から神気が急激に奪われていくのを感じた。

地にしたたった穢れが、たぷんと音を立てる。


一方、まだ夢見心地だった比古は、視界をさえぎるような神将の背をぼんやりと見た。

そうして、本当に不思議なことに、突然、我に返った。

幾重もの羽音が絶えることのない波のように寄せてくる。強弱をつけながら響くそれは、知らないうちに心をどこか別の場所に連れて行く。

耳を傾けてはだめだと、比古は気づいた。

羽音はずっと響いている。はじめはずっと耳についていたそれが、いつしか大して気にならなくなっている。けれども、気にならないだけで、ずっと聞こえつづけているのだ。

比古はしきりに頭を振った。頭の中に薄暗い紗にも似たものが広がって、思惟を覆い尽くしていく。そして、本来の道とは別の方向へ、思考を歪めていくのだ。

神祓衆の氷知を、比古は完全に忘れかけた。羽音の波動が意識と記憶を歪めて乱し、偽りを塗り重ねて固めようとしていた。

止痛の符で抑え込んでいるはずの傷の痛みがぶり返してきた。

気づけば、鉄の臭いがじわりと漂って、鼻先をくすぐっている。符を貼って布を巻きつけた箇所を衣の上から触ると、しっとりと湿っていた。

無理に動いたためにふさがりかけた傷が開いたのだ。

昌浩に怒鳴られそうだなと思った途端、おかしさがこみ上げてきた。

死んだはずの人間が、こんなところにいるはずがないのに。

どんなに希っても、必死に念じても、彼は一度として、夢にすら現れてくれなかった。

「――珂神比古。……いや、比古」

胸をえぐるほど懐かしい声が、比古の耳に突き刺さる。

十二神将の背中越しに聞こえる声は、記憶にあるそれと寸分違わない。

「比古、すまなかった」

どくんと、胸の中で鼓動が跳ねる大きな音を、比古は確かに聞いた。

真鉄の声をした男が、真鉄と同じ語気で、真鉄と同じ抑揚で、言葉を放つ。

「ずっと、帰ってやれなかった。おまえにも、たゆらにも、随分悲しい思いをさせたろうな」

比古は、目を瞠って息を詰める。

彼が激しく動揺していることを察知した六合は、背を向けたまま唸る。

「耳を貸すな。罠だ」

神将の語尾に、懐かしい声が重なる。

「比古。傷つけたのには、理由がある。聞いてくれるか」

「惑わされるな」

辺り一面を縦横無尽に飛び交う蟲の重い羽音が、いや増す。

甘ったるい死臭が肺に忍び込んで、体を内から侵食していくかのようだ。

「氷知は生きている」

「黙れ智鋪」

神将の低い唸りが比古の耳朶を打つ。

「比古、氷知と言うのだろう、あの男は」

「空言を吐くな」

比古は胸を押さえた。

どくどくと、鼓動が早鐘を打って静まらない。

「珂神。聞いてくれ」

懐かしい声に、心が焼き切れそうになるのを、必死で堪える。

顔を見てはだめだ。わかっていても引きずられる。わかっているのに、耳を傾けそうになる。

神将の全身から闘気が立ち昇り、夜色の霊布と鳶色の髪が激しく揺らめく。

羽音に混じって、ひたひたと忍び寄るような足音が、かすかに聞こえた気がした。

そちらに気をとられた比古の耳に、乞う声がするりと忍び込んでくる。

「聞いてくれ、頼む。――瑩祇比古」

大きく跳ねた心臓が、急激に静まった。

比古は、六合の背を押しのけて、ふらりと前に出た。

その名を知っているのは、限られた人間だけだ。

羽音がうるさい。

「……真鉄？　本当、に……？」

呟いた比古に、真鉄は苦笑気味に頷いた。

「比古！」

六合の叱責は、比古の耳を素通りする。

無数の黒蟲に囲まれて、不明瞭な視界の向こうで、幾つものいびつな影が蠢く。

しかし比古は、それよりも何よりも、真鉄から目を離すことができなかった。

「……ま……」

口を開きかけた瞬間、凄まじい頭痛がまたもや比古を襲った。脳天を貫くような激痛に、息が詰まって目の前が真っ白になる。

同時に、止痛の符で抑え込んでいた体の痛みがぶり返してきた。

息もできずにうずくまりながら、比古は手のひらで痛む箇所を押さえる。

布越しに、じわりと染みてくる血の感触が伝わってきた。符に記された呪文が新たな出血で染まり効力を失ったのだと、遠のく意識の中で思った。

黒蟲の羽音に紛れて、幾つもの足音が押し寄せてきたように感じた。神将の気配がどう云うわけか感じられなくなる。

「……ひ…こ……！」

普段は寡黙なはずの神将の怒号が、いやに遠くから響いた気がした。

辺りの気温が急激に下がったように感じる。

激しい羽音の中に、濁った水が立てるようなたぷんという音が混じり、甘ったるい死臭が濃度を増して押し寄せてきたようだった。

頭痛をこらえながら懸命に首をもたげ、瞼を押し上げる。

眼前に差し出されている手と、その先に、懐かしい面差しがあった。

「……ね……」

その手を取ろうと思ったところまでは、覚えていた。

落ちていく意識の片隅で、ずっと心の奥底に埋めていた感情が迸るのを感じる。

真鉄。真鉄。真鉄。
嘘だ、死んだなんて嘘だ。
あの真鉄が、俺たちを置いてどこかにいってしまうはずがない。
嘘だ。みんなきっと嘘をついている。
みんながそう言っていても、本当に土砂に呑まれたのだとしても。
真鉄はきっとそこから逃れて、生き延びている。
だって。

俺は、それをこの目で見ていない。
消えてしまっただけで、真実は誰も知らない。
俺は、俺だけは、どこかで生きているんだと、信じる。

ずっと、そう、信じてきた。
だから。

どんな形でも、何があっても。

もう一度会えたことが、もう一度声を聴けたことが。

本当に本当に、泣きたいくらいに、嬉しかったんだ――。

◇　◇　◇

重い羽音の中を駆け抜けた昌浩と太陰は、気づいたときには静寂に満ちた暗闇の中にいた。

耳を澄ますと、ごくごく小さな水音がする。

目を凝らした昌浩は、黒い水面が足元に迫っているのに気づいた。

警戒しながら水辺を離れて、あやめの姿を捜す。

「昌浩、大丈夫？」

心配そうな語気に、昌浩は首を傾げた。

「何が？」

昌浩と目線を合わせるように浮いている太陰は、自分の首を撫でながら言った。

「さっきの黒蟲たち…。奴らの陰気で、わたし、喉が少しいがらっぽ…っ」

言い終わるか否かで太陰は体を折り、何度か咳き込んだ。重く鈍い咳だった。

昌浩はひやりとした。敏次の咳に、似ているような気がする。

「俺は、大丈夫。別になんともない」

喉や肺の調子を確かめて答えた昌浩に、太陰は安堵した様子で息をつく。

その刹那、ふたりの耳を、小さな水音が打った。

弾かれたように視線を走らせた昌浩は、黒い水面に幾つも生じた波紋に気づいた。

水面の上に、あやめがたたずんでいる。

胸の高さに掲げられた右手には、白い蝶が捕らえられていた。

あやめは首を傾けて、いやに楽しそうに笑う。

「あのね。この蝶の翅は、とても脆いの」

歌うように言葉を紡ぎながら、白い蝶にもう一方の手を添えて、女はさらに目を細めた。

「知ってる？　一度砕けてしまったら、もう元には戻せないってこと」

白い翅に触れながら、女は昌浩を見つめた。

その双眸が暗く輝いているのに、昌浩は気づいた。鼓動が跳ねる。

「だから……」

添えられた左の指が、無造作に白い翅を一枚引きちぎった。

「これ以上祭司様の邪魔をするなら、あなたたちが追ってきた蝶を、壊してあげる」

はらはらと落ちた翅は、何者かの歪んだ顔を映し出していた。

昌浩は直感的に思った。あれは敏次の魂蟲でも、帝の魂蟲でもない。昌浩が知るほかの誰でもない。見たことのない面差しだ。

しかしそれが誰であっても、ちぎられた翅は元に戻せない。ならば、この魂蟲の主は、どうなる。

すうっと血の気が引いていく昌浩の顔を見つめながら、あやめは優しい手つきで蝶の翅を丁寧にむしり取っていく。

白い欠片がはらはらと水面に落ちて、そのまま底へ沈んで見えなくなった。

触角と足も水に沈み、ふたつにちぎられた胴が最後に落とされる。

空っぽになった手を昌浩に見せ付けるようにひらめかせて、あやめは甘ったるい声でくすくすと笑った。

一羽の蝶を無造作に壊した女は、舞うような滑らかな足取りで水面を進み、水辺にふわりと降り立った。

彼女の向かう先に目をやった昌浩は、闇に隠されているものに気づいた。

あやめが近づくと、黒いものがわっと散り散りになり、覆われていた白いものが顕になる。

「あれ…なに…？」

太陰の訝る声に、昌浩は黙って首を振る。

白いものに触れて頬を寄せたあやめが、肩越しに昌浩たちを一瞥してきた。

昌浩は、そっと足を進めた。あやめに止められるかと思ったが、予想に反して彼女は薄く笑いながら黙ったままだ。

近づいていくと、それが大きく透明な球であることがわかった。白く見えたのは、球の中に白いものが詰まっているからだった。

白いものがひらひらと動いている。

「魂蟲……」

呟く昌浩の喉はからからに渇いていた。

数えきれない魂蟲。都で黒蟲に襲われ命を落とした者たちだけではないだろう。

昌浩は、智鋪衆が様々な奇跡を起こしていることを思いだした。病を癒し、傷をふさぎ、死した者は黄泉還らせる。

死した格子を文重が乞うて黄泉還らせたように。

死した者の蘇生を願うのは、家族や友人、恋人といったごく親しい者たちだろう。親密な間柄の、死者がどのような性格でどのような立ち居振る舞いをしていたかをよく知っている者たち。彼らの中に、死者は生きているのだ。

魂蟲は、そこにその記憶を抱いている。それを核にして、死者は元通りに黄泉還る。

では、そうやって乞うてくれる相手のいない者は、どうなるのだろう。

そんな埒もないことを考えた昌浩の耳に、ひっと短い悲鳴が突き刺さった。

見れば、瞠目した太陰が両手で口を覆っている。

「太陰？」

胡乱げに眉根を寄せた昌浩に、太陰は黙って球を指さした。

白い蝶が詰まった透明な球。径は六尺強にもなろうかという、とても大きなものだ。昌浩ならば、かがまなくてもすっぽりと入ってしまえるだろう。

太陰が示しているものがなんなのか、目を凝らした昌浩は、やがてふっと息を呑んだ。

球の底に、赤いものが溜まっている。

魂蟲たちが翅を動かすたびに、球はかすかに震えているようだ。その動きで、赤いものも震えているように見える。

白い魂蟲たちの中から、赤い粒に似たものが落ち、底に当たった。

ぴちゃん。

注意していなければ聞き落としてしまうほど小さな音が、した。

「血……？」

呟いた昌浩の鼓動が、突然跳ねた。意識より早く、直感がそこに何があるのかを悟る。

球に添えられたあやめの手が、表面を撫でるように動いた。

魂蟲たちがそれに反応してざっと二手に割れる。

胸の奥で、重い鼓動が跳ねた。

「…ひ…じり……？」

球の中で、魂蟲とともに閉じ込められていたのは、間違いなく氷知だった。

全身血みどろで、まとっている衣も形を保っているのが奇跡のようにぼろぼろだ。現影特有の白い髪にも血がこびりつき、赤黒く汚れた頬に貼りついている。

氷知の体は球の中で支えるものもなく浮いているようだった。彼の周りに無数の魂蟲がいて、それらが支えているのかとも思ったが、そういうことでもないようだ。

氷知の様子を窺った昌浩は、その球に陰気が満ちていることに気づいた。

中に閉じ込められた魂蟲たちは、弱々しく翅を動かしている。彼らは陰陽で言えば陽の側に与するものだ。あの陰気に触れつづければ弱っていくのも道理だった。

そしてそれは、閉じ込められている氷知にも同じことが言えるのだ。

球に身を寄せているあやめを、昌浩は睨んだ。

「氷知を放せ」

あやめがひとつ瞬きをして子どものように首を傾ける。

「ひじり？　この器のこと？」

「器？」

思わず訊き返した昌浩に、あやめは無邪気な目で答えた。

「そうよ。祭司様がお選びになった器。たぶんすぐに壊れてしまうけれど」

「なに？」

昌浩を見返すあやめの目が、すうっと細められた。

「でも、もう大丈夫。だって替えがふたつもあるんですもの」

嬉しそうな語気に、昌浩はぞっとした。

そんな彼の肩を、太陰がそっと摑む。

《昌浩》

昌浩はあやめから目を離さないまま、肩を僅かに動かした。それだけで伝わる。

《わたしがあいつの気を逸らす。あんたはあの球を壊して、氷知と魂蟲たちをあそこから出しなさい》

言い終わるが早いか、太陰は風をまとって滑空する。

「あら……」

瞬きをしたあやめが呟く。一息で間合いに飛び込んだ太陰は、掲げた両手の間に風圧の塊を作りだした。神気の風が唸りをあげる。――――

「喰らえ！」

撃ち出された塊を、あやめは大きく跳んでかわした。

その隙に昌浩が透明な球に駆け寄る。

「はあっ！」

昌浩は、掲げた刀印を気合とともに斬り下ろした。

4

◆

◆

◆

竹三条宮に到着した十二神将勾陣は、築地塀の上で夜の帳に覆われた空を仰いだ。

そろそろ亥の刻になる頃だろうか。

宮の軒先にかかった釣燈籠には火が入り、簀子や渡殿を照らしている。庭にも篝火が点在し、あちこちに人影があるのが勾陣には見えた。

警護の者たちだ。火が絶えないように、怪しいものが立ち入らないように、交替で巡回しているのだろう。

篝火は、いつなんどき内裏からの使いが来ても良いようにという配慮だろう。

報せがあれば即参内できるよう、通路を照らしてあるのだ。

この時刻なら、内親王脩子は御帳台に入って休んでいるはずだ。女房たちもそれぞれの局に戻って床に就いているだろう。

風音の局に向かおうとした勾陣は、対屋と母屋をつなぐ渡殿の上でぴょんぴょん跳んでいる影を認めた。

馴染みの雑鬼たちだ。

「おおーい、式神ー」

小声で勾陣を呼んでいるのは猿鬼だった。一つ鬼と竜鬼はその横で手を振っている。

築地塀から渡殿の屋根に飛び移り、勾陣は口を開いた。

「お前たち、風音を起こしてきてくれ、訊きたいことがある」

すると、三匹は顔を見合わせた。答えたのは竜鬼だ。

「風音はいないぞ」

「いない？」

怪訝そうに眉根を寄せた勾陣に、猿鬼と一つ鬼が頷いた。

「昌浩から頼まれたからとかで、出かけて行ったんだ」

答えたのは猿鬼で、一つ鬼がそのあとを引き継ぐ。

「夕方だったかな。宮の連中にいないことがばれないように、適当に誤魔化しておいてくれって頼まれた」

雑鬼たちがどうやって風音の不在を誤魔化したのか気になるところではあったが、勾陣は別の疑問を口にした。

「どこに？」

雑鬼たちが首をひねる。

「詳しいことは、俺たちは知らないなぁ」

「たぶん鴉だったら知ってるぞ」

答えた一つ鬼と竜鬼に勾陣は問いを重ねる。

「鬼はどこだ」

「姫宮が御帳台に連れてって、一緒にいる」

言いながら、猿鬼が少しだけ困ったような顔をした。

表情の変化に気づいた勾陣が首を傾げると、その視線を受けた猿鬼は腕を組んでううんと唸った。

「ここんとこ、姫宮は毎晩、良くない夢を見てるみたいなんだよな」

勾陣は目をしばたたかせた。

「良くない夢？　どんな悪夢だ？」

神将の言葉に、雑鬼たちは顔を見合わせた。

「悪夢、なのかなぁ？」

「姫宮が言うには、すごく安心して嬉しくなるような夢、らしいんだけどさ」

「目が覚めるのが嫌になるくらいだって」

勾陣はますます困惑した。それのどこが良くない夢なのだろう。

彼女の意を読んだように、竜鬼が渋面になった。

「そうなんだよな。俺たちも、それのどこが良くない夢なんだ、て鴉に訊いたんだよ」

「嵬に？　良くない夢だと言ったのは嵬なのか？」

口を挟んだ勾陣に、三匹は一斉に頷いた。

「そう」

嵬は毎晩脩子に抱えられて一緒に御帳台に入り、彼女と一緒に袿に入ることもあれば、枕辺に座って夜を明かすこともある。

雑鬼たちが脩子の御帳台に入ることもあるのだが、最近はずっと嵬が眠る脩子の傍らにいる。

帝の病が重くなり、明日をも知れないとささやかれるようになってからだと、雑鬼たちは記憶していた。

猿鬼が角の横をかりかりと掻いた。

「まぁな、俺たちより、鴉のほうが頼りになるだろうしなぁ」

「あいつなんだかんだいって強いしさ」

「いざってときは姫宮のひとりやふたりは守れるくらいの力があるから、いまの姫宮の近くには鴉がいるのが一番だよな」

口々にそう言い募りながら、雑鬼たちの表情はそうは言っていない。

自分たちだって頼れるぞ、自分たちだって姫宮を守れるぞ、自分たちだって姫宮を安心させてやれるぞと、少々不満げな目が雄弁に語っていた。

天津神の最高位である天照大御神の後裔が、妖にここまで好かれるというのも実に面白い話である。

彼らと脩子の付き合いは、彼女が天勅を受けて伊勢に下っていたときからだ。

それは、昌浩が天狗たちの愛宕の郷の件に関わっていたのと同じ頃だ。

「考えてみると、俺たちと姫宮の付き合いもそれなりに長いんだよなぁ」

唐突に、一つ鬼が遠い目をした。

竜鬼が瞬きをしてから大きく頷く。

「言われてみたら」

「俺たちは長生きだから、あんまり長い気もしないんだけど、人間にとったら四年は結構長いよなぁ」

ひいふうみいと指折り数えた猿鬼がしみじみと呟く。

「伊勢にいたときは五つだった姫宮も、もう九つだもんなぁ」

「あんときは大変だった。姫宮が連れて行かれそうになって」

「ああ、あったあった」

「自分のせいだって言う藤花が、もう見てられなくてなぁ」

感慨深い面持ちで伊勢の頃を回想する雑鬼たちを、腕を組んだ勾陣はじっと見下ろしていた。

その視線に気づいた竜鬼が諸手を挙げる。

「あ、悪い悪い、お前のこと忘れてた」

口では謝りつつ、けろりとしている。

勾陣は奇妙な疲労感を覚えて息をついた。体が突然重くなったように感じる。

気分を切り替えるべく頭をひとつ振って口を開く。

「鬼を呼んできてくれ」

「なんだ、そういうことは早く言えよ式神」

「してほしいことは、ちゃんと言葉にしなかったら伝わらないんだぜ。いくら俺たちが長生きで物知りの都の妖だって、心の声までは読めないんだからな」

「お前も陰陽師の式神だったら、言霊って奴をちゃんと使いこなせよなぁ」

なぜか懇々と諭されて、勾陣は複雑な面持ちで押し黙る。

彼らの言葉は正論めいているのだが、どこか理不尽なものを感じる。しかし、勾陣が本気になったら雑鬼たちなど神気の一撃で消滅してしまうので、彼女は胸の内で無駄な殺生はすまいと自身に言い聞かせる。

「仕方ない、呼んできてやるからちょっと待ってろよ」

頷きながら、勾陣は目に片手を当てた。ここに物の怪がいたら代わりに相手をさせるのに。

脩子のいる母屋に向かった猿鬼を見送りながら、一つ鬼と竜鬼はぽんと手を打った。

「そうそう、式神の奴ずっとのびてるんだろ？」

「晴明も大変だなぁ。大丈夫なのかよ」

勾陣は据わりぎみの目で片手をあげた。

「お前たちが云うのはどの式神だ。ちゃんとわかるように言え」

一応の予測はつくのだが、自分も式神、あれも式神。ほかにもたくさん式神がいるのである。

二匹は顔を見合わせた。

「呼んでやってもいいけど、だったらお前も俺たちのことちゃんと呼ぶのが筋って奴だぜ」

「そうそ。なんたって俺たちの名前は……」

一つ鬼が、ひとつの対屋をちらりと見やった。

「……が、つけてくれた、大事な大事なものなんだからな」

一つ鬼の横の竜鬼が、そうだそうだという顔でしきりに頷く。

勾陣は、ふと瞼を動かした。

彼らに名を与えたのは、あの対屋の局の住人だ。この時刻ならもう眠っているだろう。

雑鬼たちが藤花の名を口にしないのは、名を与えてくれた時の彼女は、別の名前を名乗っていたからだと、勾陣にはわかる。

彼女が望んだから、雑鬼たちはその名前を二度と口にしないに違いない。

「あ、そういえば。聞いてくれよ式神」

竜鬼が突然話題を変える。

勾陣が答えるのを待たずに雑鬼はつづける。

「夕方遅くに、また左大臣が来たんだぜ」

「あっ、そうそう。懲りもせずにまたどこぞの貴族からの文を持ってきて、藤花に受け取らせようとして、大変だったんだ」

勾陣は眉根を寄せた。

「なに？」

「帝が病なんだから、そんなことは後回しにすればいいのにさぁ」

帝の命が危ういこの状況下で、それがいま必要なことだとは、さすがの雑鬼たちも考えられないらしい。

「後回しにしてそのうちに忘れてくれるのが一番なのになぁ」

妙に心に引っかかって、勾陣は二匹の前に片膝をついた。

「左大臣はどんな様子だったか、詳しく聞かせてくれ」

黒曜石のような神将の双眸に鋭利な光を認めて、竜鬼と一つ鬼は顔を見合わせた。

◇　◇　◇

先触れもなしに左大臣が訪れたことを受け、竹三条宮はざわめいた。

よもや内裏清涼殿で最悪の事態が起こったのではと、誰もが口にせずに青ざめた。

脩子は気分がすぐれず鴉を抱えて御帳台に籠もってしまい、左大臣との対面を拒んだ。

母屋から離れた廂の間にとおされた左大臣を迎えたのは、家令と数名の女房。その中には藤花もいた。

左大臣は型通りの口上もそこそこに、御簾や几帳の陰に控えた女房たちを確かめ、藤花を見つけると一本の扇を出し、ついと差し出した。

家令やほかの女房たちの目が、さっと青ざめた藤花に注がれる。

やや引き攣った面持ちの家令が、なんとか取り繕いながら口を開いた。

「左大臣様、こちらの女房に何か……」

道長は家令をひと睨みすると、藤花に扇を取るようにと仕草で促す。

藤花は家令やほかの女房たちを気にして、膝の上で手を組んだまま俯いて動かない。

やがて、業を煮やしたように、左大臣が口を開いた。

「女房殿、其許にこれをと、口に出さずともわかるであろう」

藤花ははっと顔をあげた。御簾越しに左大臣と目が合う。

静かな怒りを左大臣の眼差しに感じて、藤花は身をすくませる。

彼女の様子を見て取った家令は、道長に向き直って訴えた。

「左大臣様。この竹三条宮の主たる姫宮様は病に苦しむ主上の身を案じるあまりに、ご自身も臥せっておられます。今宵はどうぞお引き取りを」

道長は、黙然と家令を睨みつけた。

家令は震え上がると同時に、違和感を覚えた。

いくら左大臣が本音では内親王の存在を煙たく思っていたとしても、ここまであからさまに横暴な態度をとるのは妙だ。

彼が娘である藤壺の中宮に皇子を儲けさせ、外戚として絶対の権力を握ることを望んでいるのは、誰もが知っている。それでも、これまでの左大臣は、内親王脩子を表面上ないがしろに扱うことは決してしなかった。

藤花をはじめとする女房たちは、内親王脩子の召使だ。左大臣がどれほど身分が高くとも、脩子には及ばない。

脩子の女房に、道長が何かを命じることはできないはずなのである。

しかし、いまこの場に、内親王脩子は不在であり、竹三条宮の家令は、左大臣に強くものを言える身分でもなかった。

「ならば、お前からこの扇を女房の藤花に渡すのだ」

「は……、いや、しかし……」

言い澱む家令に、左大臣の低い語気が飛ぶ。

「後日改めてまたこちらに伺うことにする。そのときまでに心を決めよと、お前からよくよく申し伝えておけ」

家令に命じるふりをしながら、女房たち全員に聞こえるように声を張り上げる。

「左大臣様、そのような……っ」

「失礼する」

まるで吐き捨てるような物言いをすると、道長は立ち上がってさっさと廂の間をあとにした。

藤花は几帳越しにその姿を見送りながら、ふと、眉根を寄せた。

藤原道長という男は、左大臣として、藤原の氏の長者として、他家に付け入る隙を与えないよう常に一挙手一投足に気を配り、口にする言葉も吟味に吟味を重ねてから発することが習性になっているのだ。

しかし、今日の道長は、怒ったような、苛立ったような、奇妙に追い詰められて焦燥にかられているかのような様相だった。

帝の病が重篤であることは、この宮の者たちもみな知っている。内裏からは逐一使いがきて、容態の詳細を報せては帰っていくのだ。

命婦が臥せっているので、報せは家令が受け取り、御帳台のそばに控える女房たちをとおして脩子に逐一奏上しているのだが、彼女はなんの反応もせずに帳のうちに籠もったままだった。

道長の残していった扇を、家令は深い嘆息とともに取り上げた。

無地の扇紙に歌が一首、流麗さには欠けるものの力強い筆跡で記されている。

風向きの具合で、扇に焚き染められた香がふわりと匂い立つ。いささかきつめだが品の良さを窺わせた。

歌を読むまでもない。これはいずれかの公達から藤花に向けられたものだ。

左大臣が仲立ちをするというのは随分おかしな話だが、藤花の素性を思えば、こういうことがあっても納得はいく。

女房たちは、うつむいて両手を固く握り合わせている藤花に近寄りもせず、声をひそめてささやき合っている。彼女たちの目は、決して敵意やそれに準じた非難がましいものではなかったが、左大臣がなぜこんな行動に出たのかを不審がっていることは明白だった。

唯一の救いは、藤花自身が決して喜んではいない、むしろ動揺して狼狽しているのが彼女たちに手に取るように伝わることだった。

これは左大臣が独断で行っていることで、藤花は迷惑がっている。彼女は脩子に心から仕えているのだ。

しかし、だからこそ厄介でもあった。

身分もないただの女房が、左大臣に逆らえるわけがない。道長がその気になれば、彼女をこの宮から連れ出すことなど造作もないのだ。

扇を閉じた家令は、御簾の下からそれを差し出すようにして、静かに口を開いた。

「藤花」

彼女はびくりと肩を震わせて、そろそろと顔をあげた。血の気を失った肌は青ざめて、怯えたように強張っている。

家令は扇を置き、立ち上がった。

「少し、局に下がっていなさい。呼ぶまで休んでいていい」

「ですが……」

彼女の唇から言葉が漏れたが、それ以上つづかなかった。

「その様子ではお役目に差し支えるだろう。局に下がれ」

家令の語気に負けて、藤花はがくりとうなだれると、一礼して下がっていった。

その頼りない背を見送った家令は、頭痛を覚えて頭を振った。

命婦や女房の菖蒲同様に、彼もまた原因不明の不調をきたしている。しかし、微熱がつづいているのと、時々咳が出る程度で、寝込むほどではないので黙っているのだ。

命婦たちもよく空咳をしているので、あれが移ったのかもしれないと思っている。

念のため一度薬師に診てもらったが、病というわけではなく、疲れがたまっているのではという見立てだった。

最近の都は奇妙に空気が澱んでいるから、それで喉や肺がおかしくなる者が結構いるのだということだ。

気をつけて様子を窺っていると、宮に仕える者たちも、時折咳をしているものが多かった。聞いたところによると、内裏清涼殿に仕える女房たちにも、同じような空咳や微熱、倦怠感などの症状が出ているらしい。

家令の面持ちが暗く翳った。

それもこれも、すべて帝の命が病によって危ぶまれているがゆえに、重い凝りとなって心がふさがっているからだ。

そんなときに、左大臣は何を思ってあんな所業に及んだのか。

ふつふつと、腹の底から怒りが湧いてくる。

「こんなときに……あれ？」

苛々しながら視線を滑らせた家令は、置いたはずの場所に扇がないことに気がついた。

気づかないうちに藤花が持ち去ったのだろうか。

しばらくうろうろと辺りを探しても見つからなかったので、きっとそうなのだろうと、家令は無理やり結論づけ、仕事に戻っていった。

そして、一連の事態すべてを、梁の上で見ていた三つの影がある。

三匹の雑鬼は、閉じた扇を囲んで難しい顔で唸った。

まさか、左大臣が、ここまでしつこかったとは。

「どうしたもんか……」

「うーん」

「うーん」

とりあえず扇をどこかに隠すことに決めたが、それからどうするかは、どうしてもいい案が浮かばなかった。

◇　◇　◇

「……と、まぁこういうことがあったわけだ」

一つ鬼が言葉を切ると、いつの間にかどこかに消えていた竜鬼が、一本の扇を手に戻ってきた。

「で、これがその扇なんだけどな」

閉じた扇をくるくる回しながら竜鬼が渋い顔になった。

「どうするか悩んでてさぁ。そもそもこんなものがあるからいけないんだよな。いっそ煮炊きの竈に放り込んで燃やしたら、全部なかったことにできないもんかな」

「………無理だろう」

「うーんそうかぁ。けど、藤花に渡してもなんにもならないし、むしろ困らせるだけだろ」

「困るくらいならまだいいさ。左大臣の奴があとで返事を聞きにくるんだから、いまはそっちをどうにかするべきだ」

竜鬼は目尻を吊り上げて扇をぽいと放った。檜皮葺の屋根に落ちた扇から、かすかな香が立ち昇る。

一つ鬼が片手を振り上げた。

「こうなったら、都の仲間たちみんなに号令一発、実力行使だ。左大臣を適当に消すのが一番手っ取り早い」

「待て」

勾陣は軽い頭痛を覚えながら片手をあげた。

けろりとした口調で物騒なことを言ってのけるあたり、鞠もどきであろうと小柄であろうと、一つ鬼も間違いなく妖の端くれだ。勿論、一つ鬼の言葉にそれはいいなと大きく頷いた竜鬼も同様である。

本気で頭が痛くなってきた気がして眉間にしわを寄せた勾陣は、ふいに険しく目を細めた。

この程度のことで随分苛立っている自分に気づく。胸に手を当てて注意深く呼吸を数えると、通常よりずっと浅く速くなっていた。

いつの間にか、やけに呼吸がしづらくなっている。

風が重いのだ。

これによく似たものを勾陣は知っていた。

尸櫻の世界の風だ。

勾陣の胸に、ひやりとしたものが生じて奥底にわだかまる。

気づかぬうちに、邪念に、穢れに、さらされつづけていたことを思い出す。

木枯れは気枯れを呼び、穢れとなる。そして穢れは、死を招くのだ。

いま感じる都の風は、あの世界の風によく似通っている。そこにいるだけで、生気も神気も体温も奪って行くあの尸櫻の界の風に。

いいや、風だけではないと、勾陣は思い到る。

穢れによって、地の底深くを流れる龍脈も狂いはじめているのだ。

押し黙った勾陣を不思議そうに見上げていた一つ鬼が、案じた様子で体を傾けた。

「なぁ、式神。お前なんだか顔色が悪いぞ？」

隣の竜鬼が三つ目をしばたたかせた。

「あ、ほんとだ。さっきより青白いな。……大丈夫か？」

二匹とも本気で心配してくれているようだ。

「雑鬼に気遣われるとは、私も焼きが回ったな……」

渋面で低く呟いた勾陣は、頭をひとつ振った。

「調子が戻っていないのは確かだが、お前たちが思っているほどじゃない」

「そうかぁ？　昌浩がよくそんなこと言って無理してるけど、それやったってあんまりいいことないからな？」

「…………覚えておこう」

風が彼女の髪を遊ばせて吹き抜けていく。夏とはいえ、いやにぬるく、肌にまとわりつくようなねっとりとした風だった。

そこにはらまれた陰気を勾陣は感じ取っていた。

昌浩が完全に祓ったはずなのに、都にはもう既に陰気が生じているのだ。

それがなぜなのか、勾陣には予想がつく。

大地そのものが、穢れを帯びているからだ。

昔も同じようなことがあった。穢れの雨にさらされた大地は穢れに穢れた。穢れで狂った龍脈は暴走し、都に金色の龍が出現して暴れ回った。

いまのところ、あのときのような龍脈の暴走が起こる気配は感じられないが、木枯れで生じた穢れが少しずつ注がれて狂いはじめていることは確実だ。

そして、穢れを含んだ大地に触れる大気に、穢れが移って広がりつつある。

都の表面だけではだめだったのだ。天地に存在する穢れすべてを同時に祓わなければ、穢れは一掃できなかったのだ。

晴明はまだそれに気づいていないだろう。気づいていればそのことについての言及があったはずだ。

彼は安倍邸を囲む強靭な結界の内にある。再び都に生じている穢れに気づかないのも無理はない。

そして、穢れは死を招く。

帝や藤原敏次は、穢れに招かれて死んでいくのかもしれない。

無意識の思考に、勾陣ははっとして唇を噛んだ。穢れに触れると、思考そのものが陰に傾いていく。理由もわからないひどい倦怠感に包まれて、どうしようもない疲労で動くのも考えるのも億劫になっていくのだ。

「……ああ、そうか」

呟いて、勾陣は慄然とした。

都は、否、この人界は。あの、死に満ち満ちた尸櫻の界と同じ状態に、向かおうとしているのか。

あの世界で狂って行った少年を思い出す。追い詰められて、不安を駆りたてられて、選んではならない道を選び、実行に移した。

屍だけではない。神将たちも同様だ。天一を救うため主に剣を向けた朱雀。屍の意図に気づかずに差しだされた布で血を拭ってしまった自分自身。

勾陣は、雑鬼たちが屋根に置いて睨みつけている扇を一瞥した。

左大臣がなぜ藤花に貴族からの文を渡そうとするのか、その本当の理由がわかった気がした。

道長が、正体を隠して宮に仕えている娘の身を案じ、幸せを願っているのはおそらく真実。

しかし、突然こんな所業をしはじめたのは、穢れで心がいびつに傾いてしまったことが原因なのだろう。

尸櫻の世界にいたときの昌浩がそうだった。本人はなんの違和感もなく、もっとも正しいこと、必要なことをしているつもりなのに、傍目にはそれは間違った選択なのだ。

「待たせたなー」

猿鬼が嵬を伴って戻ってきた。

鴉は勾陣を見上げると、片翼を上げて言った。

『何用だ十二神将。我は内親王の夢守をせねばならん。大した用向きでないなら日を改めてくるがいい』

にべもない口調で言い放つと、嵬はくるりと踵を返す。その体に手をのばして捕らえた勾陣は問うた。

「夢守？」

『そうだ。ここ最近の内親王の眠りは浅く、夢の質が尋常ではない』

首をめぐらせて勾陣を顧みた嵬は、険しい面持ちで言った。

『今日、安倍晴明の許に内親王の文が届けられただろう』

頷いた勾陣に、嵬は母屋を一瞥しながらつづけた。

『あれをしたためたとき、内親王は仮眠から目覚めるなり第一声で硯箱を求めた』

彼女は一心不乱に文をしたため、それを使いに託してほっとした顔をすると、途端に睡魔に襲われた。

当然だった。未明に内裏からの使者が来て、脩子は取るものもとりあえず慌てて参内した。帝がなんとか持ち直したので一旦竹三条宮に戻ってきたのは日が高くなってからだ。

睡眠時間が足りていないことにくわえて、脩子は最近少しの物音やひとの話し声がしただけで目を覚ましてしまうようになっている。

内裏からの使者が凶報を携えてくるのではと、怯えているのだ。

日々の眠りは浅く、体の疲れは取れず食欲も落ちている。そして、時々空咳をする。

以前の参内から体調のすぐれない命婦や女房の菖蒲のように、脩子もまた不調を抱え込んでしまっているのだ。

参内からそのような状態に陥ったのなら、あの内裏に満ち満ちた凄まじい陰気が原因だろう。

陰気や穢れを祓って安静にしてゆっくり休めば徐々に回復してくるはずだ。

勾陣がそう口にすると、鴉は応じた。

『左様。ゆえに、内親王には我がついているのだ。我が姫にそのように仰せつかった』

嵬がいれば陰気や穢れを祓うことができる。何よりも、近くに誰かが寄り添っているということが、まだ決して大人ではない彼女のなぐさめになるだろう。

そうやって帳台の中にも入るようになってから、嵬は気づいたのだ。脩子が奇妙な夢を見ているらしいことに。

どんな夢かは、あまりよく覚えていないのだという。ただ、とても安心できて、嬉しくなる夢だと、彼女自身は語っていた。

しかし、嵬には違うものが視えていた。安心できて嬉しくなると言いながら、脩子の面持ちは青ざめて、目がどこか遠くを彷徨うのだ。

彼女の声音もまた、真実を語っていない。本当ならば心に響くものだ。なのに、脩子の言葉は嵬の耳を素通りして残らないのである。

それが、一度だけ本当を語ったときがある。仮眠中に突然目を覚まして硯箱を所望したあのときだ。

「内親王はなんと？」

勾陣が尋ねると、嵬は重々しい語気で低く答えた。

『夢で誰かに、そうすれば帝は助かると勧められたそうだ』

「誰に」

鬼は頭を振る。

『問いただしても、内親王は既に詳細を忘れていた。ただ、女の声だと言っていた』

それを勧めた相手の面差しも、出で立ちも、奇妙に朧気で目覚めとともに霧散してしまったという。唯一、女の声だったことだけは記憶に残っていたらしい。

それはとても優しく、とても美しい声だったそうだ。

脩子は最後にこう付け加えた。

——少しだけ、お母様のお声に似ていたような気がするわ
母のことを口にしたときの脩子は、そのときだけは本当に嬉しそうにして、血の気のうせた頰にほんの少しだけ赤みが戻った。

もしかしたら、覚えていることはできなかったけれども自分のところにも亡き母が会いに来てくれたのではと、考えているのが鬼にはよくわかった。

しかし、果たして本当にそうだっのか。

鬼はあのときもずっと脩子の傍らにあって、帳台の中で横になり体を丸くしていた姿を覚えている。父を失うかもしれないという恐怖と必死に戦っていた。そのまま睡魔に負けて眠りに引きずり込まれていったが、強張った表情のままだった。

本当に安心できて嬉しくなる夢なら、あんな顔をするはずがない。もっと幸せそうな、穏やかな寝顔でなければならないはずだ。

勾陣は思慮深い目で呟いた。

「内親王に文を書かせた女、か……」

夢で見たとおりに脩子は文をしたため、晴明に帝を救うよう命じた。

それと時を同じくして、朝議の決定を告げる陰陽頭からの文が届けられた。

果たしてこれは偶然か。

『内親王は、陰陽頭にも文をしたためていた。晴明に向けたのと同じように、帝を必ず救うようにというものだ』

脩子は、陰陽生を身代わりにして帝を救えと命じたわけではない。けれども、朝議での決議に、彼女の意向が大きな後押しになったことは確かだろう。

内親王がここまで言っているのだから、何としてでも、どのような手を使ってでも、帝を病の淵から救わなければならないのだ、と。

「────」

勾陣も鬼も、既にわかっていた。

それは偶然ではない。巧妙に仕組まれている。

道が敷かれているのだ。

嵬は重い息を吐き出すと、嘴を開いた。

『それで、十二神将よ。智鋪衆について、何か新しい情報はないのか』

夜明け間際に訪れた昌浩から、愛宕の天狗の郷の異変や、彼が播磨国から阿波国に向かったことは聞いている。厳密には、昌浩から話を聞いた風音に嵬は教えてもらったのだ。

神祓衆の者が行方知れずとなり、そこにはあの九流族の末裔も関わっているという。

さすがにそれには風音も嵬も大層驚いた。

九流族のふたりが奥出雲で生活していることは知っている。彼らは本当に時折、道反の聖域にふらりとやってきて、現状を告げて去っていくのだという。

道反の巫女や守護妖たちが、ここに留まってはどうだと再三勧めているのだが、彼らは決して首を縦に振らない。

――もゆらがいるし、真鉄も…

巫女たちは彼らを聖域に引きとめることは諦めて、困ったことがあったらすぐに頼ってくるように伝えたということだ。

『安倍昌浩はとうに阿波国についているだろう。報告はないのか』

畳みかけてくる嵬に答えようと口を開きかけ、勾陣はふと訝った。

「風音はどうした」

勾陣が来訪したことを、風音が気づいていないはずがない。

鬼は、途端に渋面になった。

『……戻っておらぬ』

「なに？」

勾陣は思わず、藤花と風音の局に視線を落とす。

灯りのついていない対屋。気配を探れば、その中に在るのは確かにひとり分だけだ。

『姫は、九条の邸に行ってくると仰せられ、逢魔ヶ時に出かけられたまま、戻っておらぬ』

嵬の面持ちが険しいのは、なんの報せもないことを怒っているのではなく、風音の身を心底案じているからだ。

この鴉にとって、風音は己れの命より大切な存在なのである。何も言わないだけで、その胸中には嵐が渦巻いているに違いない。

しかし、不安定な脩子を置いて風音を捜しに行くことはできず、じっと我慢していたのだ。

鴉は天を振り仰いだ。

『昨日までは、晴れていた。だが、夕刻を過ぎてから、俄かに雲が出ている』

鴉の視線を追った勾陣も、空を見上げた。

言われてみれば、昨日までの夜空は雲ひとつない星空で、清々しさを感じさせるものだった。

しかし、いま彼らの頭上に広がっている夜空には薄い紗幕のようなものがかかり、小さな星はほとんど見えない。西に傾いた月はもうじき十三夜。しかしそれも霞んで朧な輪郭がわかるかどうか。

陰気の雲が、再び都を覆いはじめているのだ。

その出所を探った勾陣は、眉根を寄せた。目を凝らすと、陰気がまるで煙のように立ち昇っているのがわかった。

ひときわ陰気の濃い場所がある。

ゆらゆらと噴きあがって広がるそれは、煙のようにも雲のようにも見える。

都の南方、九条の東のはずれ辺りか。

昌浩が気にかけていた藤原文重の邸も、九条の東のはずれだったはず。

そこに向かったまま戻らない風音。

藤原文重の妻柊子は、条理を捻じ曲げた存在。彼女は穢れそのものだ。

穢れは死を招く。死は、穢れを呼びすべてを陰に染めていく。

陰気に触れれば生気も神気も体温も根こそぎ奪われて、待っているのは死だ。

『――――』

嵬は、無言だった。脩子を頼むと風音から言いつかっている嵬は、どんなに苦しくてもここを離れることができない。

勾陣は嵬を降ろすと、踵を返した。

「九条に向かう」

風音と同じ言葉を言い残し、十二神将勾陣は跳躍した。

5

羽音が遠くで響いている。

「……………う……」

のろのろと瞼をあげた風音は、しばらく焦点の合わない目でぼんやりと虚空を見ていた。

彼女を取り巻いているのは、まったくの闇だった。

ひどく寒かった。手足は自分の意思どおりにまったく動いてくれない。全身が鉛の塊になってしまったかのようだった。

それでも、彼女はひとつのことに気がついて、安堵した。

自分は生きている。

首を切られたことも、おびただしい血が流れ出したことも、すべて覚えている。

そして、その血をあの男が口に含もうとしていたことも。

たまらずに目を閉じて、そのまま意識が闇に覆われてしまった。あのあとどうなったかわからない。

だが、藤原文重は望みどおりに命を拾い、愛する妻の命を取り戻したに違いない。

文重も格子も、風音の血が持つ効力を知っていた。あやめが教えたのだと言っていた。

死した者を甦らせ、八岐大蛇を実体化させるほどの力を持った風音の血。

智鋪衆に与するあやめが血のことを知っていたとしても不思議はなかった。

風音は智鋪の宗主に仕える巫女として、奇跡を起こす宗主の手足となっていたのだ。風音の血が使われたことはなかったが、宗主はおそらくその血の力を知っていただろう。

黄泉の扉を開くための鍵に風音を使おうとしたくらいだ。道反の神の娘にどれほどの価値があるか、知らないはずがなかった。

宗主は消えたが、その跡を継いだ祭司がいる。祭司に伝わっていたとしてもおかしくはない。

むしろ。

風音はぞくりとした。智鋪衆がもうひとつの扉を見つけたとして、どうやって開くのか。

扉は神の血で開く。道反の神の娘である風音や、神の末席に連なる神将騰蛇の血によって、開くのだ。

自分を罠にかけた文重と格子は、では道敷に与したということか。

彼らを止めなければ。取り返しのつかない事態が起こる前に。

少しずつ、目が暗闇に慣れてくる。

それと同時に、近くに人影があるのに気づいて、夢現の中にいた風音ははっと我に返った。

渾身の力を振り絞って身を起こし、辺りの様子を窺って、風音はふっと息を詰めた。

闇の中に見えた人影は、柊衆の末裔である柊子だった。

彼女は風音に背を向けて座り、うなだれている。

その身体からはたえず陰気が醸し出され、甘い死臭が漂っていた。

風音は訝った。彼女は自分の血を飲んでいないのか。どうしてだ。

幾重もの羽音が響く。遠くに感じていたそれは、実はごく近くを飛び交っていた。音が遠かったのは、結界に遮断されていたからだ。

床に幾つもの枝が転がっている。朽木ではない。生木だ。生木を媒介にして織り成された結界の中に、風音は柊子とともにいるのだった。

九条の邸であることは間違いない。闇の中を縦横無尽に飛び交う黒蟲たちの向こうに、壁代や几帳が見える。

甘い死臭に紛れて鼻をついた鉄の臭いに気づいて、風音は視線をめぐらせた。

背を向けた柊子の背中越しに、狩衣をまとった男が横たわっているのがわかった。

瞬間的に戦闘態勢を取った風音の耳に、か細い声が忍び込んできた。

「……おやめください」

緩慢な所作で振り返り、柊子は左の肩越しに風音を顧みた。

完全に崩れて髑髏と化した面差しがあらわになる。

風音がはっと息を詰めると、彼女はふらっとよろめいて床に手をついた。はらりとこぼれた長い髪がひと房、頭皮から抜け落ち音を立てて床に散らばった。

柊子は抜け落ちた髪に触れながら小さく笑った。

「……朽ちる身なれば、髪も抜けよう」

むしろ、ここまで保っていたことが奇跡のようだ。

くすくすと笑う柊子の声が震え、やがて嗚咽へと変わっていった。

風音は怪訝に思った。柊子の向こうに横たわっている文重が微動だにしないのだ。

警戒しながらどうにか立ち上がった風音は、文重の様子を窺った。

仰向けに横たわる文重は、目を閉じていた。その口元はおびただしい血で真っ赤に染まっている。

「……どういう、こと…？」

風音の血ではない。明らかに、文重自身が吐いたものだった。

むせびながら文重の頬に手を当てて、柊子が答えた。

「……条理を歪めることを、神がこれ以上お許しにならなかったのでしょう……」

◇　◇　◇

手に浸した風音の真っ赤な血を口に含もうとしたまさにその瞬間。

文重は唐突に動きを止め、瞠目した。

「文重様…⁉」

訝った柊子は、ごぼりという鈍い音とともに文重の開いた口から血の塊が吐き出される様を見た。

吐いた血の中から目に見えないほど小さな、数えきれない黒い点がわっと音を立てて飛びあがる。

「黒蟲…！」

柊子はその瞬間、すべてを悟った。

心がいびつに歪んでいった文重。それは、魂蟲が失われたことだけでなく、欠けたその場所に無数の黒蟲が巣くっていたからだったのだ。

穢れに触れつづけ、陰気に触れつづけ。一呼吸ごとに体内は侵されて、そこに巣くう黒蟲は力を増していっただろう。

そうして、柊子を救いたいという想いのみが膨れ上がり、他者を犠牲にしてでもという情念を生み、彼を凶行に駆り立てて行ったのだ。

そのきっかけは、あやめのささやきだった。道反の神の娘の血は、魂蟲などなくても死者を完全に黄泉還らせることができるという、そのひとこと。

それが、文重を完全に狂わせた。

柊子にはわかっていた。

あやめは、扉の在り処を知りたがっていた。文重を追い詰めれば、柊子が口を割るだろうと目論んでいたのだと。

けれども、あやめの敷いた道筋は、成らない。

少しずつ崩れはじめている柊子の右の頬に、涙が伝う。

「……私ももう、扉がどこにあるのかを、思い出せないのよ、あやめ……」

かろうじて形を保っている右側の口が仄かに笑う。

倒れた文重が、喘ぎながら柊子を見上げて、血にまみれた手をのばして来る。

その手を取った柊子は、息も絶え絶えの文重の目が、失血で意識をなくした風音に向けられているのに気づいた。

文重の目が何を訴えているのか、柊子は理解した。

風音の血を飲めば、命をつなぎ止めることができる。そうすれば、文重は柊子とずっと寄り添っていくことができるのだ。

お前をひとりにはしないと、男の目が語っていた。

その、あまりにも強く、あまりにも激しく、あまりにも悲しく、あまりにも寂しい決意。

柊子の右目から涙がこぼれ落ちた。そしてまた、とうの昔に眼球を失ってぽっかりとあいた

左の眼窩から も、血のしずくが流れ落ちる。

文重の手を取ったまま、柊子は微笑んだ。

「文重様……。私は、あなたを愛しむあまり、持ってはならない願いを抱いてしまいました」

病によって失われた命。自分の命数は尽きている。にもかかわらず、愛する男とともに生きていきたいと、死にたくないと、願ってしまった。

その想いが決意を鈍らせた。

本当は、ここに留まってはならなかったのに。

文重の手を右頬に押し当てるようにして、彼女は言った。

「もう終わりにしましょう。……ご案じなさいますな。私も、すぐにあなたを追ってゆきますから」

それがどういうことなのか、文重は即座に理解した。

血泡に汚れた男の唇が動いて何かを伝えようとするが、かすかな気息が喉の奥からこぼれるのみで、音になることはなかった。

微笑む柊子の目からとめどない涙があふれる。彼女はそのまま愛しい男の耳元に唇を寄せた。

「文重様。ひとつだけ、隠していたことがありました。柊子というのは、私の生まれた郷の子という意味で、真の名ではありません」

新たな涙があふれ、文重の瞼を濡らす。男は柊子の想いを悟り、悲しげに顔を歪めた。

柊子の頬に触れた文重の手に力がこもる。気づいて柊子は息を詰めた。

自分のために手を汚した男は、自分のためにそれを諦めてくれたのだ。

あなたがいなければ生きている意味がない。柊子のそれと文重の心はおそらく寸分違わぬものだった。

「私の名は、藍。むしを寄せつけぬ、藍染の……。ですから」

この、邸を取り囲んでいるだろう黒蟲の群れに、文重は決して渡さない。

黒蟲は亡骸を喰い尽くし、残った骸骨に憑りついて傀儡に仕立て上げるのだ。

文重の体を傀儡にさせるつもりは、女には欠片もなかった。

「…………」

男の目から涙がこぼれた。

女が名を告げてきた。それだけで、彼の心は言い知れない充足感に満たされた。

もしかしたら、彼はそれが知りたくて、彼女の口からそれを聞きたくて、尽きた命を無理やり引き戻してしまったのかもしれない。

条理を歪めて願いはかなった。代わりにたくさんのものを巻き込んだ。

自分はきっと、地獄に落ちるだろう。しかし柊子は、藍は違う。藍は、自分に巻き込まれただけだったのだ。だから死したのちに彼女とは別の道を進むことになるはずだ。

自分と一緒には、いられない。いてはいけない。

文重の眼差しからそれを読み取った女は頭を振った。

「いいえ。私も、罪を犯しました」

都に黒蟲を引き入れたのは、逃げてきた柊子にほかならない。

黒蟲は陰気の具現。木枯れに気枯れて穢れの溜まった都にあんなものが入り込んだらどうなるか、わからなかったわけではない。

そして何より、榎の敷いた道を、柊の自分が壊したのだ。国の至るところに作られた留めの扉を、逃げる柊子がたどる道を追ってきた黒蟲たちが発見し、次々に破壊していった。

そして、榎が最後に作り上げた擬の扉も、敵の前にさらし、留めの底に込められていた霊力を解放させてしまった。

思えば、黒蟲たちは、巧妙に柊子を追い、留めの近くを通るように仕向けていた。彼女自身が死の穢れとなってしまった状態で留めに近づけば、凄まじい陰気が留めに流れ込む。榊衆の血に、留めの扉は反応するからだ。

まがい物すべてをあぶり出せば、残る扉は本物だけ。あぶり出すのが智鋪衆の狙いだったのだろうと、ようやく思い至った。

「この世が滅んでも、あなたがいてくれればいい、一緒に生きていけるのならそれでいいと、思ってしまった。私のほうが、ずっと罪深い……」

だから、地獄に落ちるのは自分こそが相応しい。

文重の瞼が震える。呼吸が止まりかけている。ああもう時が少ない。

「始末をつけて、すぐにいきますから」

男の瞼がすうっと落ちる。頰に添えられた手から力が抜けた。

するりと落ちかけた手を握り締めて、女は喉を震わせた。

「ありがとう、あなた……」

男の体を仰向けに調えると、柊子はその胸に縋ってしばらくの間すすり泣いた。

◇　◇　◇

風音は、言葉が出なかった。

凶行に及び、あと一歩のところで、文重は運命に見放されたのだ。

そして柊子は、文重を助けなかった。風音の血を与えることをせず、今度こそ歪めることなく条理に従うことを選んだのだ。

夫の亡骸を見つめる柊子が、ふいにぽつりと言った。

「……私は、扉の在り処を覚えていません」

「え？」

突然の言葉に、風音は面食らった。どういうことだ。柊子は真の扉の在り処を伝える柊衆の末裔ではなかったのか。

柊子は静かに頭を振った。

「死の間際、黒蟲が私の身の内に入り込み、それは凄まじい苦しみに苛まれました。智鋪は私を追い詰めて、扉の在り処を吐かせようとした。だから……」

柊子の髪がひと房、新たに抜け落ちてぱらぱらと散る。

「その記憶を魂蟲に変えて、夢殿に逃がしたの」

智鋪衆やあやめが柊子から聞き出そうとしても、無駄なのだ。扉の場所を示す記憶は自分の中にないのだから。

「私の魂蟲は夢殿を彷徨って、いつか祓戸大神たちの手で、塵となって消える。扉を隠す役目も、ともに消えるはず」

淡々とした声音が、ふいに大きく震えた。

「……はじめから、そうしていれば良かった……」

柊子は衣の袖で頬を拭うと、風音に向き直った。

「あとの始末は私がつけます。あなたはどうぞお帰り下さい」

女の右目に決意の光が宿っている。

「どう、つけるつもりなの」

死の穢れそのものである柊子には、黒蟲たちを一掃できる力など残っていないはずだ。風音を捕らえた朽木の結界も、邸を取り囲む蟲の群れすべてを封じ込めるのは難しいのではないか。

柊子は静かに微笑む。

「あの黒蟲たちは、私の中の魂蟲を追っているのです。陰中の陽は、ひときわ強い光を放つから、その光が私の居所をあれらに教えてきた」

風音は得心がいった。黒蟲が常に柊子に群がるのはそういうことか。

柊子の目が、風音の首筋に止まる。

「血止めはしておきました。治せる力が残っていなくて、ごめんなさい」

代わりにと、柊子は唐櫃の中から、小袖を一枚出して風音に差し出した。

風音の衣は血に汚れている。小袖を羽織ってそれを隠すようにという配慮だった。

「私のものは、嫌かもしれませんけれど……」

言い澱む柊子に風音は首を振った。

彼女が出したのは、藍染の小袖だ。藍染はむしを寄せつけない。

新しいものではなかったが、大切に手入れをしながら身にまとっていたのが伝わってくる品だった。

藍の衣に袖を通すと、ふわりと包まれるような感覚が風音を取り巻いた。

柊子が、柊の生木を風音の腰帯に差す。

「これで、しばらくの間だけ、黒蟲たちにあなたの姿は見えません。どうか、無事で」

そうして柊衆の末裔は、涙を流しながら微笑んだ。

「昌浩様にお伝えください。榊の責を負わせてしまって、申し訳なかったと」

「承知した」

深々と頭を垂れる女に応じると、風音は結界を抜けて邸から出ていった。

風音が離れていくのを感じた柊子は、安堵の息をついた。

「良かった、間に合って……」

身じろぎをすると、左肩が砕けて腕が落ちた。もう形を保っていることも難しいのだ。

這うようにして文重の亡骸に寄り添った柊子は、柊の枯れ木に手をのばした。

「火のものは…火へ……燃え出るもの…は……焰へと……還る……」

途切れながらなんとか呪文を紡ぐと、手にした枯れ木にぽっと火が点った。

もう、喉に力が入らなくなってきている。

首元から何かが剝がれ落ちる音がした。見なくてもわかる。肉が崩れているのだろう。

智鋪衆によって甦らされたこの身は、とうの昔に朽ち果てている。右半身が保たれていたのは、文重の魂蟲があったからだ。

しかし、柊子を柊子たらしめていた魂蟲は、文重の死とともにその輝きを失って、既に崩れて消えている。

ここまで持ち堪えたのは、柊子自身の最期の力だった。

「火が内の……ものよ……速やかに…吾が…意…に……従い…たま……え……」

呪文の語尾は、燃え上がる炎に呑みこまれる。

柊子の手から滑り落ちた柊が瞬く間に燃え尽きて灰と化し、激しい炎の渦が室中を舐め尽くして外へ外へと広がっていく。

柊子の体はゆっくりと傾いだ。

炎の中でその形は崩れ、長い髪は瞬時に燃え尽き、文重の亡骸に衣だけがふわりと落ちた。

その衣にも炎が燃え移り、橙色の光が辺りを覆う。

やがて男の亡骸は、荼毘に付されたように炎に呑まれた。

黒蟲たちの群れをかいくぐり、どうにか邸から脱出した風音は、ふらりとよろめいて倒れかかった。

その肩を、のびてきた腕が摑む。

「だれ…」

目眩を覚えながら顔をあげた風音は、十二神将勾陣の面差しを認めた。

「勾陣…」

いつの間にか、橙色の光が辺りを照らしていた。勾陣の姿も橙色に染まっている。

振り返った風音は、文重邸から噴き上がる炎の渦に目を瞠った。

柊子は始末をつけると言っていた。

火は浄化。何もかも呑みこんで、燃やし尽くす。

柊子は、自分たちの亡骸も何もかも、智鋪衆に渡すことを拒んだのだ。

火にあぶられた黒蟲たちが蜘蛛の子を散らすように逃げていく。火に呑まれればあれらが消えるのは、十二神将騰蛇の炎で実証済みだった。

ふらつく風音を支えながら、勾陣は問うた。

「その傷はどうした」

風音はとっさに首に手をやった。傷自体はふさがっているが、乾いた血が肌にこびりついている。藍染の小袖で隠れた衣も血を吸って、乾いて染みになっていた。

「いったい何が……」

燃え上がる炎に視線を投じた勾陣に、風音は言った。

「勾陣、お願い、力を貸して」

「なんだと?」

困惑する勾陣に、風音は炎から逃れていく黒蟲たちを示す。

「あれを逃がしたら、また誰かが襲われるわ」

柊子を追ってきた黒蟲だが、獲物が消えてしまっても彼らが消えるわけではない。

あれが都にひそんでいれば、そこに陰気が凝っていく。

ただでさえいまの都は陰に傾いているのだ。放っておくわけにはいかない。

「できるだけここでまとめて始末しないと」

黒蟲の群れを睨む勾陣が、ふいに眉根を寄せた。

「黒蟲がいると、また凶事が生じて、都に陰が増す、か」

この、穢れに染まった大地と、陰に傾いた人々の心。

病に倒れる者、思考が偏る者。その周りにいる者たちは恐れと不安にさらされる。それもまた、陰を更に増す要素のひとつとなる。

病はやがて死を呼ぶ。死はもっとも忌むべき穢れだ。

黒蟲は死の周りに現れる陰気の具現。ただでさえ陰に寄っているこの地に蟲の陰が重なれば、遠からず陰が極まる。

「……黒蟲によって陰が増しつづければ、陰が極まって……いつか陽に転じるか」

「そうなるでしょうね」

勾陣の突然の問いに、訝しみながら風音は応じた。闘将紅一点の顔に険しさがにじむ。

「では、陰が極まれば、黒蟲はどうなる？　陽に転じて消えるのか？」

「それは、おそらくそうなると、思うけど……」

風音は言い澱んだ。

予測ではそうなるだろうが、実際に人界で陰が極まったことはないはずだ。

「確かなことはわからないけど、計算上では黒蟲は消えることになる、はず。それがどうしたの？」

勾陣は渋面になった。

「なんと言えばいいか……。尸櫻の界の邪念が、人界の黒蟲なのかと、思って」

「ああ」

合点がいって、風音は頷いた。

尸櫻の界で昌浩は、陰が陽に転じるその瞬間を狙い、死が生に反転する際に生じる厖大な力を使って時を巻き戻し、晴明の命をつなぎとめた。

勾陣はそのことを暗に示しているのだろう。

確かに、陰が極まれば何もしなくても黒蟲は消える。

そこまで堪えれば、その先に来る陽転の力で、いま都に生じている様々な凶事はすべて解決するだろう。

しかし、尸櫻の世界とこの人界とでは、根本的な差異がある。

「あの世界には、生者はひとりもいなくなってしまった。だから陰が極まったのよ」

晴明も、神将たちも、昌浩も、あの世界では異質なものだった。あの世界の住人たちすべてが死んで、櫻の穢れは満ち満ちて陰が極まった。

逆に言えば、ひとりでも生きているものがあるなら、それが陰の極みを阻むのである。

「ここは尸櫻の界のようにはならないだろうけど、陰が増せばひとの心はいびつになるわ。いびつになった心は、周りを巻き込んでやがて滅びる」

風音の言葉に、勾陣はふいに瞬きをした。

「いびつになった心は、周りを巻き込んで滅びる……？」

どうしてか、その言葉はいやに重く勾陣の胸に突き刺さった。

同時に、件の予言を受けて道を踏み外した者たちの面差しが、瞬間的に勾陣の脳裏に浮かんで消えた。

そう、皆、件の予言で道を踏み外し、周りの者たちを巻き込んで滅びの種を蒔いたのだ。

すべては、件の予言ゆえに。

「とにかく、黒蟲を……」

印を組む風音に、勾陣は突然こう言った。

「では、件は……？」

風音は勾陣を一瞥すると、険しい目で訊き返した。

「なんですって？」

「件だ。件の予言で屍は罪を犯し、周りを巻き込んで滅んだようなものだ」

そして、件は勾陣たちの前にも幾度となく現れては予言を放ち、誰もが追い詰められて心がすり減った。

「件の予言は、まるであの世界を陰に染めるため……」

呟く声がふつりと途切れる。

無意識に発した自分の言葉に勾陣は驚いた。

件の予言は、常に人の心を狂わせる。その予言ははずれない。予言を受けた者は、それに必死で抗いながら、けれどもいつか予言通りの現実に遭遇して、気づくのだ。

予言は、本当に外れないのだと。

だが、果たしてそうなのか。何かが間違ってはいないか。

勾陣の本能が、初めて違和感を訴える。幾つもの現象が起こり、それらのいびつさを見せつけられたからこそ、その違和感に気づけたのかもしれない。

いまにして思えば、件の予言はどれも、智鋪衆の思惑にすべてを従わせるように、道を敷いていたように思える。

ならば、それは本当に予言なのか。

件の予言ははずれない。しかし、はずれないのではなく、その未来に進まされているだけなのだとしたら。

もしそうであるならば、件の予言で滅んだ者たちはすべて、智鋪衆の敷いた道を歩んでいただけということになる。

ならばそれはなんのためだ。

もしこの思いつきが正しいのなら、智鋪衆の狙いはただひとつ。

扉だ。黄泉の扉を開けること。そのために、何十年も前から暗躍しているのだ。

「………！」

勾陣の言わんとするところを理解して、風音もまた息を詰めた。

彼女は、勾陣の言葉で、まったく別の可能性に気づいたのだ。

「待って……。なら、件は、本当に、ただのあやかし、なの……？」

呟きに勾陣が胡乱げな視線を向けてくる。風音はこめかみのあたりに手を当てた。思考がまとまらず、うまく言葉にならない。

「いいえ、そう、妖なのよ。妖だと、私もずっとそう思っていたけれど、それは……」

記憶を失って智鋪の宗主に従っていた頃に、そのように聞かされたからだ。

智鋪の宗主を名乗っていた男は、榎岦斎の技と知識をすべて持っていた。しかし、それだけではなく、黄泉や禍神についても驚くほどに詳しかったのだ。

だから風音は、件が予言を放つ妖であると、信じて疑うこともなかった。

この根本が、そもそも誤っていたのだとしたら。

あれは、予言などではなく――――。

風音は突如、落雷を受けたような衝撃を覚えた。

「……言葉は、言霊」

呟く風音の頬が血の気を失って白い。

力のある言葉は、魂を縛る言霊だ。

「予言は……予言ではなくて……」

安倍晴明がことあるごとに口にする言葉が、耳の奥に甦る。

――名は、もっとも短い呪
「どうあっても示された未来に向かってしまう、予言と名づけられた、呪……!?」

風音の脳裏に、榎笠斎の面差しが浮かんで消えた。

予言に勝とうとして、予言に呑まれて死んだ。予言通りの最期を迎えた榊衆の男。

実は彼は、予言通りに死んだのではなく、予言という名の呪に縛られて、呪に殺された。

そういうことなのか。

「件の予言すらも、全部、仕組まれていたこと、だったの…!?」

さしもの風音も戦慄した。

事実だと思い込んでいたこと自体が、偽りだったのだとしたら。

それを前提に物事を考えても、正しい答えにたどり着けるはずがない。

件の予言に勝つことはできない。聞いてしまえば予言は心を縛る。いくら否定しても、件が予言を放ったという事実が心を縛るのだ。

ゆえに、件が予言を放つ前に、件の口を封じる。それだけが予言に囚われない方法だ。

風音はそのように、智鋪の宗主から教わった。

宗主は風音を利用するためにそばに置いていたが、教えられたことはすべて正しかった。それは、記憶を取り戻し、本来の自分に戻ったときに確認していた。

件の予言に勝つには、予言を封じること。

それはある一面では正しいが、予言が呪であると仮定すれば、もっとほかの対処法がある。

それこそ、呪は陰陽師の領分だ。それが呪であれば、いくらでも破ることができるのだ。

けれども、その言葉は予言という名を持っていた。予言ははずれないと、それは絶対のものとして伝えられてきた。

予言ははずれないのだ。予言と名づけられた呪は、だからそう成っていく。

「なら、件は」

勾陣は、あの尸櫻の界で、予言を放つ件に幾度となく遭遇した。件の予言は一度もはずれなかった。そう成っていった。

「予言を放つ件は、なんだ…!?」

件は予言を放つ。――智鋪衆の目論見に副う、予言を。予言という名の呪を。

「それは……」

風音は言いさして、愕然と目を瞠った。

「――――!」

勾陣もまた、気づく。

智鋪衆に従う件。あれがただの妖でないのなら。智鋪衆の意のままに、予言という名の呪を放ってひとの心を歪めるあれは。

そういう妖を、ふたりともよく知っている。

たとえば、昌浩に従う妖車。

「……式、か…!」

件は、智鋪衆の式。

そう考えれば、すべての辻褄が合う。

「だから……!」

だから件は予言を放つ。はずれない予言を放ち、たくさんの人間に破滅の道を敷く。

件の予言を受けた者たちを思い出す。

榎岦斎。小野時守。尸櫻の界の屍。藤原敏次。

皆、智鋪衆の目論見を阻めるだけの技量を持った者たちだった。

ならばもしかしたら、勾陣が知らないだけで、ほかにも予言を受けた者がいるかもしれない。

勾陣の背を冷たいものが駆け下りた。彼女の主はまだ、このことに気づいていないはずだ。

「晴明に、報せないと……」

さすがに衝撃を抑えきれない勾陣に頷きながら、風音は視線を滑らせる。

「その前に……、黒蟲を一掃する」

文重の邸を包んだ天を衝くほどの炎は、徐々に鎮まりはじめている。

あちこちに散っていた黒蟲たちが、火勢が衰えると同時に再び集ってくる気配を感じ、風音は改めて印を組んだ。

「いまの私の力だけじゃ、足りない。力を貸して」

勾陣が無言で頷くのを待たずに、風音は刀印を掲げる。その切っ先に、陽気の球が現れてまばゆい光を放った。

陽の光を目敏く見つけた黒蟲たちが、わっと躍りかかってくる。

四方に散った黒蟲のほとんどが向かってくるのを確かめて、風音は刀印の切っ先で素早く四縦五横印を描いた。

描かれた無数の目が黒蟲の群れを閉じ込める虫籠のように変化する。

霊力で描いた線を編んだそれは、しかし力が足りずにところどころが消えかかる。

瞬間、勾陣の全身から神気が立ち昇った。風音の描いた虫籠の穴が、彼女の神気で瞬く間にふさがれていく。

捕らわれた黒蟲たちが怒り狂い、霊力の薄い箇所を狙って突進するのが見えた。

「……っ」

ふいに目眩を覚えて、勾陣はよろけた。この、神気が容赦なく抜かれる感覚には覚えがある。このまま際限なく神気を使われると、騰蛇のように意識を完全に失ってしまう。

「風音、まだか…⁉」

一方の風音も、限界だった。

圧倒的に血が足りない。血とともに流れ出てしまった生気の分だけ、風音は確実に死に近づいている。

無理をしたらさらに命を縮めることはわかっていたが、風音は昌浩と約束をしたのだ。

まだだ。まだあのときの償いには足りない。この程度では、昌浩や騰蛇に与えた絶望には程遠い。

「……悪しきもの…」

残る力を振り絞り、風音は叫んだ。

「神すみやかに滅おしたまえ…！」

呪文とともに、掲げた刀印を振り下ろす。

黒蟲を閉じ込めた虫籠は、中で蠢く数千匹分の羽音とともに弾け散った。

霊力の残滓がきらきらと光を放ちながらまるで風花のように降ってくる中、勾陣は堪えきれずに片膝をついた。

体が鉛のように重く、思うように動かない。加えて、凄まじい睡魔が襲ってきた。

こんなところで倒れるわけにはいかない。

気力を振り絞って立ち上がった勾陣は、力を使い果たして息も絶え絶えの風音に肩を貸すと、安倍邸に向かって必死で動き出した。

◇　◇　◇

6

件の予言ははずれない。

いつ、だれからそう聞いたのかは覚えていない。

けれども、件の予言ははずれない。

それは動かしようのない事実なのだ。

ずっと心の奥底に、まるで呪縛のように、その事実は根付いていた。

はずれないという予言に、勝ってみせると思った。

その思考すらも、呪の中に深く深く入り込んで逃れられなくなる罠の内だったのだと、いまならばわかっている。


夢殿の最果てで、黒蟲たちの襲撃を必死でかいくぐり、岦斎は柊子の魂をなんとか捉えることができた。

数えきれない黒蟲の羽音が耳の近くを飛び交い、剥き出しの皮膚に黒い点のような蟲が喰らいついてくるのを振り払う。

「ええい、埒があかん！」

魂蟲を片手に刀印を組んだ岦斎は、小さな結界を築いた。

隙をついて結界の内側にもぐりこんだ黒蟲が、白い魂蟲に襲いかかろうとするのに気づき、刀印を振り下ろす。

「裂破！」

点のような小さな蟲が、真っ二つに裂けて弾け散る。

入り込んでいた黒蟲すべてを潰した岦斎は、一旦動きを止めた。

見れば、まとった墨染の衣のあちこちが裂けていた。

「ふう」

黒蟲に喰われた頰に穴が開いている。黒蟲を払いのけた手のひらや腕にも傷ができていた。

「いてて」

岦斎は死者なので、黒蟲たちに喰われても出血することはないが、痛みは感じる。

間に合わせで築いた結界は長時間持たない。この場所から移動して、穢れの届かないところまで魂蟲を連れていかなければ。

柊の末裔が最期に放った魂蟲だ。必ず何か意味がある。

結界を取り囲む黒蟲の群れは徐々に数を増している。この地に吹く風が、穢れを呼び陰気を色濃くしているのだ。

岦斎は以前ここを訪れたことがある。あのときは安倍昌浩と一緒で、棺を運ぶ黄泉の葬列を追ってきたのだ。

黒蟲の囲みは、一方向だけ薄かった。そちらに向かわせたいのだ。

風上の方角。そちらへ進めば、黄泉に近づく。

夢殿の最果ては、黄泉と夢殿の狭間だ。黄泉に限りなく近いそこは、ともすれば路が開く。

「こんなに黒蟲がいるってことは、どこかに穴が開いてるな、きっと……」

でなければ、ここまで穢れが澱んでいることの説明がつかない。

魂蟲を術で小さな勾玉に変化させ、懐の奥にしまう。柔らかな魂蟲のままでは、衝撃で潰されてしまいかねない。

動き回っても落とすことのないように霊力の糸で単の衿に縫い止め、衣の上からそれをぽんと叩いた。

「よし、大丈夫」

そして岦斎は、辺りを素早く見回した。

結界に数えきれない黒蟲がへばりつき、不気味な羽音を立てている。

羽音に羽音が重なって、低く重く響くそれが、耳について神経を逆撫でする。

岦斎は頭を振った。ここは夢殿だ。陰気の具現は更なる陰を果ての果てから呼び寄せる。最果ては黄泉との狭間。魂蟲はまるで何かに引き寄せられるように、この最果てに迷い込んでいた。

「いや、違うか」

迷い込んだのではない。黄泉の風に引き寄せられて、ここまで誘われたと考えるほうが正しいだろう。

おそらくこの黒蟲たちは、誘われた魂蟲を捕らえるために放たれたのだ。

「ということは……」

結界に群がる黒蟲たちの隙間から辺りの様子を窺った岦斎は、ちらりと白い衣のようなものを見た気がして、ぎくりと全身を強張らせた。

「なんだ……」

垣間見えたものに、覚えがある気がした。

胸の奥が激しく跳ねる。この身にはもう血は通っていないのに、まるで生きていた頃のように。

幾重もの羽音が、まるで唸りのように耳朶を叩く。

岦斎は、黒蟲たちの向こうに、白い人影を認めた。

再び胸の奥が跳ねる。

黒蟲の大群のただなかに、いるはずのない相手が佇んでいた。

岦斎は呆然と呟く。

「ばかな……」

すると、その呟きが聞こえたように、紅を刷いたように赤い唇がおもむろに開いた。

「岦斎殿……」

無数の羽音が重く響く中、掻き消されそうなその声は、どういうわけか岦斎の耳にはっきりと届いた。

岦斎は肩を震わせた。

これは罠だ。わかりきっている。敵はこちらの一番弱いところを衝いてくるのだ。あからさますぎて惑わされるほうがおかしい。

理性はそう弾き出しているのに、感情が激しく揺れ惑う。

「……み…」

岦斎は、絞り出すように呼びかけた。

「巫女、殿……」

こんな夢殿の最果てに、黄泉との狭間にいるはずがない。どう考えても、ただの幻だ。

飛び交う黒蟲たちの中に、道反の巫女は静かに佇み、たおやかに微笑んだ。

岦斎は思わず目を閉じた。

わかっているのに、目を奪われそうになる。

六十年近く前の記憶が、まるで走馬灯のように脳裏を駆け抜けた。


夢殿の水辺で傲然と腕を組んでいた冥府の官吏は、ついと視線を滑らせた。

穢れがひときわ濃くなった。

「……路が穿たれたか」

低く唸ると、冥官は心底苛立たしげに眉根を寄せながら、鮮やかに身をひるがえした。

◇　◇　◇

親友なんか作らないと、思っていたのと同じように。

誰かと想いを交わすということも、彼は諦めていた。

北辰が翳り、原因を除くためには呪詛を行う者を倒さなければならないという託宣を受けて、西国に向かう晴明について行ったのには、理由があった。

その頃岦斎は妙に夢見が悪く、しかし目覚めたときにはその夢をまったく覚えていないという日々がつづいていた。

それが何を表しているのかを探るためにたまたま行った占が、示したのだ。

件の予言が、一度は覆したはずのあの予言が、再び己れに降りかかる、と。

岦斎は激しく動揺した。

彼は件の予言に勝ったと信じていたが、その確証があったわけではない。自分は本当に予言から逃れられたのだという確信を、心の奥で求めていた。

そして、確信が得られたなら、これまで己れに課していたふたつの戒めを解こうと思っていたのだ。

親友を作ること。

誰かと想いを交わすこと。

簡単にできることではないとわかっていた。特にふたつ目はめぐりあわせだ。天が味方してくれなければ、かなうはずのない願いだった。

どうすれば予言を回避できるのかを占じると、西国へ向かえと表れた。

そこで起こっている凶事が、岦斎自身にも大きく関わっているのだと。

少しでも力になれるかもしれない、その言葉に偽りは微塵もなかったが、それだけでなかったのも確かだった。

晴明とともに都を出て、西国に向かう道中は、楽しかった。晴明と、神将たちと、急ぐ道ではあったが、ともに過ごせる日々は本当に本当に楽しかった。

しかし、西国に近づくにつれて、岦斎の心はわけもなく沈みがちになった。

毎晩のように夢を見ている。夢の中で岦斎は、確かに誰かと会っている。

しかし、それが誰なのかはわからない。まだ会ったことのない相手だ。それが、自分の運命に大きく関わっている気がしてならなかった。

一体誰なのだろう。何が自分を待っているのだろう。どうやって予言が再び降りかかるのだろう。

西国に、出雲国に、近づけば近づくほど、その想いは膨れ上がり、岦斎の心を気づかぬうちに徐々に乱していった。

そんな折、智鋪の宮司に出会ったのだ。

みすぼらしい、年老いた男だった。ぼろぼろの衣をまとい、髪は真っ白で、ぼさぼさに乱れているのを乱雑にまとめていた。

足には不自由があり、病で目はほとんど見えなくなっていると言って、杖をついていた。

智鋪の宮司は、凄まじいほどの知識を持っていた。ふたりが知らなかったことを幾つも教えてくれた。

しかし晴明は、どうしても癇に障ると言って、関わることを良しとしなかった。

一方の岦斎は、得体のしれなさを不審に感じながらも、これほどに聡明で博識であるならば、件についても知っているのではないかと思った。

晴明は宮司を警戒していた。というより、心の底から嫌っていたので、彼に悟られないように細心の注意を払って、岦斎は宮司とたびたび話す機会を得た。

宮司の話し声は低く、ひび割れたうめき声のようにも感じられるものだったが、聞いているうちに不思議と引きこまれるような響きがあった。

そんな日々を過ごしていたある日、晴明と岦斎は、異境の地に紛れ込み、そこであの美しい女に遭遇したのだ。

人界ではないところに迷い込んだと悟った瞬間、晴明と岦斎は戦闘態勢に入った。近くにいたはずの神将たちの気配は完全に消えていた。彼らは人界に取り残されたのだ。

大概の場合、こういう状況に陥ると、次に起こるのは、得体のしれないばけものや妖による襲撃だ。

ここまでの道程で既に慣れたものだったので、敵がどこから出てもいいように、ふたりとも殺気を最大限に放って見えざる敵を威嚇していた。

そこに、白い影が現れたのである。

白いと感じたのは、光をまとっていたからだった。

その白い光に目を奪われていたのだと、のちに気がついた。

神々しいほどの美しさ。この世のものではないような透明感と、存在の希薄さ。

ふたりの前に現れたのは、遠い昔は確かに人だったが、神の妻となり幾星霜もの長きにわたって聖域を守ってきた、道反の巫女だった。

彼女の醸し出す穏やかで清らかな雰囲気は、人間にはありえないものだった。

岦斎は、端整な容貌の十二神将たちを見慣れていたが、彼らともまったく違う、手をのばして触れたら消えてしまうのではないかと思えるような、儚さをまとっていた。

神の妻ならば、儚さだけでなく、しなやかな強靭さも持っているはずなのに、岦斎にはそれがまったく見えなかった。

昼も夜も、彼女のことが頭から離れなくなり、凄まじい恋慕の情に身を焦がした。

あまりにも激しいそれは、自分はどこか狂っていると、自覚させるほどだった。

件の予言がいつか自分に再び降りかかる。恋い慕う相手をそんな運命に巻き込んではならない。そばにいてはいけない。

そう考えれば考えるほど、離れることなど耐えられないと、胸が引き裂かれそうに苦しくなるのだった。

晴明にはこんなことは言えなかった。彼は、黄泉の瘴穴を穿ち、呪詛をかけている者を探しだして倒すために、連日手がかりを追っていた。

ふたりは道反の巫女の厚意で聖域に滞在することを許されたが、それは逆に岦斎には真綿で首を絞められるような苦しみとなった。

岦斎は晴明の手伝いをするという名目で、できるだけ人界に逃れるように心がけた。それでも、夜がくれば戻らなければならない。巫女が案じているからだ。

戻りたいが、戻れない。そんな懊悩で息がつまりそうだったある時、岦斎は智鋪の宮司に再会した。

宮司は、岦斎が道ならぬ想いに苦しんでいることを見抜き、岦斎がどのような立場であるかを慮った。岦斎はたまらずに胸の奥に押し込めていた想いのすべてを吐露してしまった。

智鋪の宮司は時折頷き、岦斎がどれほど苦しんでいるのかを、まるで己がことのように受け留めた。

そのときなぜか岦斎は、自分の心を理解してくれるのはこの男だけだと、思ったのだ。

晴明にはそんな芸当はできないのだと、思った。なぜなら彼は、自分の友人ではないからだ。

岦斎が親友だと言い張っているだけで、晴明にはそんなつもりは微塵もない。

それは、岦斎自身がそうあるように振舞ってきたからだが、どういうわけかその時の彼は、晴明に猛烈に腹を立てて、憎しみに近いほどの憤りを覚えたのだ。

そして智鋪の宮司は、晴明がどれほどひどい男であるか、岦斎がどれほど憐れであるかを、切々と口にしたのだ。

宮司の言葉は岦斎の胸に深く沁みた。

自分は孤独だと、それまで見ないようにしていた真実が、狂おしいほどにあふれて止まらなくなったのだ。

どうして自分が、自分だけがこんな目に遭うのか。件の予言をなぜ自分が受けなければならなかったのか。

誰でもよかったはずなのに、運命のいたずらで、件は自分に予言を放ったのだ。

半人半妖の安倍晴明ですらも、岦斎ほど不幸ではない。

そのときの岦斎は、世の中のすべてが、とりわけ晴明が、猛烈に妬ましく、憎らしかった。

岦斎は少しずつ、他者に対する負の感情を育てていった。

否、智鋪の宮司によって、知らぬ内に、負の感情を育てられていったのだ。

しかし、そのときの岦斎は、すべては自分の意思だと信じて疑わなかった。

その頃から、夢をはっきりと記憶するようになった。

夢の中で、道反の巫女が泣き濡れているのだ。巫女は両手で顔を覆いながら切々と訴える。

ここから出たい。長い長い間ずっとここで役目を果たしてきたけれど、もう耐えられない。

けれども、自分の力では出られない。

道反大神が、千引磐がある限り、ここから出ることはできない。

あの磐がなければ、あの神さえいなければ、ここから出て自由になることができるのに。

けれども、神からこの身を奪える者などいはしない。地上を統べるような、天をいただくような、そんな者でなければ、決して奪い去ることはかなわない——。

いくら夢でもありえないと、はじめは思っていたはずだ。しかし、それが連日になり、日に日に巫女の言葉が強くなっていく。

そしてある日、宮司がささやいたのだ。

——神に匹敵する地位につけば、地上の王となれば、巫女はお前を振り返るであろう
幾度も夢見た巫女の嘆き悲しむ姿が、脳裏に浮かんだ。

そうなのか、本当に。そんなばかな。いいや、でも。もしかしたら、秘めた思いを夢にのせて伝えてきていたのでは。

虚ろに紡いだ岦斎に、宮司は頷いた。

——巫女はずっと、あの地から、あの役目から、逃れたかった。……お前と、同じように
自分と同じように。

その言葉は、いびつな楔となって岦斎の心に打ちこまれた。

もう嫌だ。こんな運命からも、予言からも、孤独からも、何もかもから逃げ出したい。

岦斎は、心の奥底でずっとそう、思いつづけていた。

茫然とする岦斎の耳元で、宮司が繰り返す。

お前と同じだ。その心が巫女に伝わって、同じものを抱えたお前に救いを求めているのだ。

お前たちの心は同じ。お前の抱く想いと同じものを、巫女も抱いているのだ――。

陰々とした宮司の声が、岦斎の心をじんわりと縛り上げていく。

岦斎は、ぽつりと呟いた。

――そうか。……そう、だったのか……

なら、王となって、あの非道な神から、道反の巫女を救わなければ。

そう口にする岦斎の目は、常軌を逸した光に満ちてぎらぎらと輝いていた。

宮司が満足げに昏く嗤っていたことに、そのとき岦斎は気づかなかった。

そして岦斎は、決定的に道を踏み外した。

正気に戻ったのは、地獄の業火に囲まれて、言葉にならない怒号をあげる十二神将騰蛇の、凄まじい眼光に射貫かれたときだった。

気づいたときには、神将の爪が左胸を貫き、心臓をえぐり出していた。

苦しみや痛みは、不思議と感じなかった。あるのはただ、どうしてこんなことにという戸惑いだけだった。

真紅の炎と純白の雪の対比がとても美しかった。

胸から血を噴き出しながらゆっくりとのけぞっていく岦斎の脳裏に、いつか晴明に語った台詞が響いた。

——俺はな、晴明。ずっと先に、子どもと孫に囲まれて、俺は精一杯生きてやりたいことを全部やったから満足だ、と言ってから死ぬつもりなんだ
だから晴明、お前もたくさんの子どもと孫に囲まれて、人がうらやむくらいに幸せな人生だったと自慢できるような生き方をしろ。

それで、いつか命の終わる日が来て、川を渡って冥府に行ったら、今度はどっちが幸せだったか勝負だ。

あのとき晴明は、なんと返してきたのだったか。

——気の長い話だなぁ
呆れて、そう言ったのだ。

ああ、自分はなんて愚かだったのだろう。

——俺は負けない自信があるぞ。見てろ、化け物かといわれるくらい長生きしてやるからな
親友なんか作らないと思っていても、心はとうにそうなっていたことに、気づかなかった。

死ぬまで。死んでも。

当たり前のように未来を描き、それを語り。拒まれることなど思いもせず。応じることを信じて疑わない。

そんな相手が親友でなくて、いったいなんだったというのか。

約束をしたのに。

いつか命の終わる日が来る。それはこの世の条理だ。

けれども、それは決して、いまではなかった。

それなのに。

どうして――。

そこで、恐ろしいほどの暗闇に思惟が呑まれて、ぷつりと途絶えた。

◇　◇　◇

耳の近くを重い羽音が飛び交って、岦斎は身をかがめて転がった。

黒蟲の大群がわっと群がってくるのを、全力の退魔術で押し返す。

「禁！」

素早く描いた五芒星が障壁と成り、黒蟲が散り散りに吹っ飛んだ。

跳ね起きて態勢を整えながら、岦斎は頭をひとつ振った。

「集中しろ、俺」

黒蟲の向こうに、道反の巫女の姿をした者がいる。岦斎の動揺を誘うために、あの姿を模したのだ。

それくらいわからないはずがない。浅はかにもほどがある。

「そんなのに引っかかって見事に動揺するなよ、俺……」

情けない気分で半分泣いたような自嘲の笑みを浮かべる岦斎である。

あのとき。

目を開けると、長身の恐ろしい男が目の前に立っていた。

傲然と岦斎を見下ろした男は、冴え冴えとした冷たい語気で、こう言った。

——己れの所業を覚えているか

岦斎は、何を問われているのかわからなかった。

茫然と辺りを見回して、どうしたわけかは知らないが、いつの間にかこの恐ろしい男の前に引っ立てられてきたのだということだけ、どうにか理解した。

しかし、そこがどこなのかもわからなければ、なぜそうなったのかも皆目見当がつかない。

とりあえず、自分が死んでいることを告げられて、それはもう混乱した。

呑気に混乱していたら、あの恐ろしい男が無表情で岦斎の襟首をむんずと摑んで引きずり、周囲にいた獄卒たちが止めるも間に合わず、問答無用で境界の川に叩き落とされた。

そのあとは、さすがにすべて克明に記憶している。いまも、思い返すたびに胸が痛くなるほどに。

自分が何をしたか。それによって何が起こったか。

深い悲しみと絶望を、大事な親友だった男に刻みつけて。好ましいと思っていた、それなりに好意を向けてくれていた神将たちにも、癒えない傷を負わせて。

何よりも、道反の巫女を、己れの狂乱に巻き込んだ。巫女も、その娘も行方知れずとなり、守護妖たちが荒れ狂った。

「岦斎殿……」

澄んだ美しい声に呼ばれて、岦斎は思考を現実に引き戻した。悠長に懐想にふけっていられる状況ではない。

幾重もの重い羽音に包まれて、道反の巫女の姿をしたそれは、煙るように微笑んだ。

「お会いしたかった」

巫女の目から、一筋の涙がこぼれて頬を伝う。

それを見て、岦斎の心はすうっと醒めた。

道反の巫女は、そんなことを言わない。こんな顔はしない。わざとらしく涙を流すような小賢しい真似も、当然するわけがない。

「偽物と呼ぼう、そうしよう」

口の中で呟いて、岦斎は自分に頷いた。

偽物はたおやかな所作で、胸の前に手を掲げた。

「岦斎殿、こちらへ」

手招きをする偽物の周りで、黒蟲がひときわ重い羽音を響かせる。

腹の底まで響くような低く重い響きが、無性に癇に障る。この音をずっと聞いていると、頭の芯が痺れてくるような気がした。

「…………待て」

はっとして、岦斎は慌てて首を振った。

気がするだけではない。本当に頭の芯が奇妙に痺れて思考が覚束なくなる。

奇妙に眠く、何も考えられなくなっていく。この音に心が縛られる。

その上に偽物の声が重なって、耳の奥にするりと入り込んでくるのだ。

「あなたに詫びなければならないことがあるのです、岦斎殿」

黒蟲の立てる羽音に紛れて、奇妙に反響する声が鼓膜を震わせる。

「あのとき、私は偽りを口にしました」

偽物の声が頭の奥に入り込んで芯を揺らしているように、くらくらする。瞼が異様に重くなって、膝の力が抜けた。

がくりと膝をつく。ひどい目眩で世界が回る。

「私の心は、あなたとともに在りたいと、望んでいたのに……」

「……やめ……ろ」

どくどくと、胸の奥で鼓動が跳ねているような気がする。自分はとっくに死んでいるのに。

緩慢に頭を振る岦斎に、黒蟲たちをまるで比礼のようにまといつかせながら、偽物がゆっくりと歩を進めてくる。

長く引きずる衣の裾にも点のような小さな黒蟲がびっしりと張りついて、足を進めるたびにぶわりと舞い、目に見えないほど小さな翅が空気を叩く音が木霊する。

重い羽音と、裾を引きずる衣擦れと、偽物の静かな声が折り重なって、懸命に保とうとしている岦斎の正気を無理やりに捻じ曲げていく。

凄まじい眠気が襲ってきた。

岦斎の周りにも数千、数万の黒蟲が飛び交っている。黒蟲は陰気の具現だ。

死人であるといっても、冥府の官吏の部下として働く岦斎は、陰気より陽気が強い。

ゆえに、陰気に触れれば体が冷えて、穢れに生気を奪われる。生きてはいないが生気はあるのだ。自分でもおかしなことだと思っているが、事実なのだから仕方がない。

手をぐっと握り締めて、手のひらに食い込んだ爪の痛みでどうにか自我を保つ。

痛みはいつも本物だ。心も体も、痛みだけは変わらずに自分のものだ。

「ようやく、あなたにもう一度お会いすることができました、岦斎殿……」

のびてきたたおやかな手が、豈斎の胸にそっと添えられる。その手を、豈斎は摑んだ。

偽物が、嬉しそうに微笑む。

「豈斎殿」

豈斎は、そのまま偽物を引き寄せ、その首に手をかけた。

偽物がはっと目を瞠る。

ともすれば朦朧としかかる意識をその都度全力で引き戻しながら、豈斎は低く唸った。

「ひとつ、教えてやる」

吐息がかかるほどの距離で偽物を睨みつける。

「道反の巫女は、まるで慈愛の化身のような微笑みを浮かべる。お前のような毒々しい笑いじゃなくてな」

驚いたように豈斎を見つめていた偽物は、やがてにいと嗤った。

「ひどいことを仰る。これほどまでにあなたをお慕いしているのに」

「黙れ偽物」

捕らえた首を握り潰そうとしたが、それより偽物のほうが速かった。

思いのほか強い力で豈斎を突き飛ばし、ぱっと飛び退る。追おうとした豈斎を、わっと群がってきた黒蟲が阻んだ。

全身に張りついてくる蟲に、瞬く間に生気が奪われるのを感じて、豈斎は印を組んだ。

「縛鬼伏邪、百鬼消除、急々如律令！」

ばしっと音を立てて蟲が飛び散った。しかし、飛び散るだけで消えない。

「ちっ、術が弱い……！」

理由はわかっている。ここが夢殿の最果て、黄泉との狭間だからだ。

陰陽師の術は、自身の霊力だけでなく、その術に応じた神の息吹を得て初めて効力を発揮する。神の息吹とは、神の持つ力のひとかけらだ。

人は神の力すべてを使うことなどできない。神の力のごく一部を、器に見合った分だけ借りられる。そしてそれは、神が一呼吸する程度の力でしかない。

勿論神の格にもよる。たとえば器物を祀り上げただけの神ならば、その力のほとんどを使いこなせるだろう。しかし、何百年も時を経てきた神器ともなれば、その力は甚大だ。人間がそれを使いこなすのは難しい。

だから陰陽師は心を磨き、技を磨く。曇れば神はすぐにそれを見抜き、応じてくれなくなるからだ。

「………あ」

ひとつのことを思い出し、岦斎ははっと目を瞠った。

ふらつきながら立ち上がった岦斎は、群がってくる黒蟲を手で払いのけた。岦斎に取り憑こうとした黒蟲たちが、なぜかばらばらと落ちて消えていく。

彼のまとっている冥府の衣が、黒蟲たちの放つ陰気を散らしたのである。

「着てたじゃないか、そういえば」

彼がいつも冥官と同じ墨染の衣を被いているのは、ただの格好つけではない。

冥府の官吏は、陰陽の理を乱し条理を違えるものを糾す役目を持っている。

冥府に来るものは死人。陰気の塊だ。

陰気に触れつづければ、冥府のものであっても心が危うくなる。

この墨染の衣は、死人の放つ陰気を絶えず霧散させる防護のための道具なのである。

「いかんいかん、本気で忘れていた。うっかり生気を抜かれたなんて知られたら、えらい目にあわされる」

誰に、とは絶対に言わない。夢殿は言霊の力が格段に増すのだ。口にすれば呼ばれて来る。

この程度の始末もつけられないのかと、問答無用で張り倒される。それだけで済めばいいが、
そんなわけはない。

道反の巫女の姿に動揺して一時とはいえ敵に翻弄されたということは、絶対に知られてはならない。

黒蟲を身にまとう偽物は、ひとりでぶつぶつと呟いている岦斎を、興味深いと言いたげな様子で見つめている。

「……岦斎殿。もう、私とともには、来てくださらないのですね」

「行ってたまるか。大体……」

ふつりと、岦斎は押し黙った。

唐突に、岦斎は理解した。

毎晩のように見ていた夢は、意図的に見せられた悪夢だったのだと。

智鋪の宮司の仕業だ。岦斎の心を弱らせて、追いつめて、すり切れてどうしようもなくなったときに、巫女と遭遇するように仕向けたのだ。

すり切れた心に、あの美しさは眩しかった。彼女の持つ包み込むようなあたたかさに、どうしようもないほどに焦がれた。

それはおそらく、恋慕の情とは性質を異にするものだった。心を奪われたのは確かだが、痛切な憧憬だったのだと、いまならばわかる。

それは、自分が望んでも決して得られないものだったからだ。得られないとわかっていたから、狂おしいほどに執着した。

黒蟲たちの羽音が重く響く中で、岦斎は両足に力を込めた。

気合を入れておかなければ、膝の力が抜けて崩れそうだった。思っていた以上に生気を奪われている。気力が持つうちに、この場から抜け出さなければならなかった。

ふいに、偽物が手を翻した。上向いた手のひらに岦斎の目は吸い寄せられる。

「……っ」

さっと青ざめて懐に手を入れる。収めたはずの勾玉がない。

「さっき……！」

偽物の掌に、柊子の魂蟲を変化させた勾玉がのっている。気づかぬうちに霊力の糸が断たれて抜き取られていたのだ。

「岦斎殿。あなたがこれを持っていても、何の役にも立ちませぬ」

偽物が嗤う。黒蟲の群れがその姿を一瞬覆い、ぱっと散る。黒蟲たちとともに白い塵が崩れ落ちる。

岦斎は目を瞠った。

黒蟲を率いて立っているのは、ぼろぼろの黒い衣を被いた女だった。膝にも届く長い髪が、黒蟲の翅が生み出す陰気の風をはらんでゆらゆらと揺れている。

岦斎はふと、息を詰めた。この女を、どこかで見たことがあるような。

被いた衣が陰気の風に煽られて、面差しがちらりと覗いた。

ぞっとするほど妖艶な美貌だった。道反の巫女とは別の意味で、目を奪われるほどに。

しかし、好ましいものではなかった。むしろ嫌悪感を掻きたてるものがある。美しさの中に恐ろしい毒がひそんでいる。一度でも触れたら魂の欠片まで根こそぎ吸い尽くされそうな、戦慄するほどの美貌だ。

女はゆっくりと口を開いた。

「……ひとぉっ……」

「貴様……っ……」

この声。そして、その歌は。

「黄泉の葬列の、先導……！」

女が、恐ろしい目で微笑んだ。

手のひらにのった勾玉が震えて、白い翅がふわりと広がる。岦斎のかけた術が女に破られたのだ。

「それをどうするつもりだ」

「お前が知る必要はない」

美しく恐ろしい声が歌うように紡ぐ。同時に、黒蟲の群れがひときわ激しい羽音を立て、一斉に襲撃してきた。

さすがに覚悟した岦斎が、かざした腕の下で思わず目を閉じる。

その真横を、一陣の風がすり抜けた。

「え……」

岦斎は瞼を開ける。すり抜けざまに、低い声が岦斎の耳に突き刺さった。

——この役立たず

墨染の烈風が黒蟲のただなかに滑り込み、葬列の先導者だった女の手元で白銀が閃く。

女が手を引く。切っ先が虚空を薙いだ。置き去りになった魂蟲が黒蟲に囲まれる寸前、墨染の袂が白い翅を包む。

鋭利な眼光が眉間に突き刺さったのを感じて、岦斎は慌てて印を組んだ。

「万魔拱服、急々如律令！」

残る力を振り絞った術が、その場に群がる黒蟲たちを吹き飛ばす。

霊術の爆風に煽られた女は、ふわりと地を蹴った。

白刃が肢体を追ったが、届かない。

陰気の風に女の姿がとけていく。

その瞬間、遥か彼方から、きゃらきゃらと狂ったような笑い声が、最果ての闇を縫うように陰々と響いた。

神剣にまといついた陰気を振り払い、鞘に収めた冥官は、物騒な目つきで岦斎を顧みた。

「す、すみません」

男は無言だった。ここで岦斎に言いたいことは、さっき放ったひとことだけなのだろう。

冥官の袂に隠れていた魂蟲が、ふわりと舞い上がった。開閉する白い翅に浮かぶ模様は、女の面差しだ。

目を閉じて眠っているようにも見えたその顔が、突然震えた。

翅の模様が変化する。閉じていた瞼があがり、悲しげな瞳が現れる。

女は岦斎と冥官を一瞥し、彼らの頭上を一度だけ旋回すると、光の欠片を残してふっと掻き消えた。

「……どこへ」

呆然と呟いた岦斎に、冥官の冷ややかな語気が飛んだ。

「始末をつける以外に何がある」

「すみません」

反射的に詫びて、岦斎はそっと息をついた。

それはきっと、柊の、榊の、末裔としての責なのだ。

冥官が踵を返す。

「戻るぞ」

「はい」

よろめいて倒れそうになるのを必死で堪え、岦斎は冥官のあとを追った。

◆　◆　◆

7

闇の中に霊爆の渦が生じた。

黒い水面が大きく波打ち、飛沫をあげて荒れ狂う。

霊力の刃を叩きつけられた透明な球の一点にひびが入り、瞬く間に亀裂が走ると、音を立てて砕け散る。

中に閉じ込められていた数えきれない魂蟲が一斉に飛び立った。

球の底にたまっていた血が、びしゃりと音を立てて落ちてきた。そこに、ぼろぼろの氷知が倒れ込む。

「氷知！」

駆け寄ろうとした昌浩の前に、あやめが滑り込んで諸手を広げた。

「こんな壊れかけを拾ってどうするの？　あなたには用がないでしょう？」

本気で不思議に思っているような、無邪気な面持ちだった。

昌浩はあやめをぎっと睨みつける。

「お前たちがやったんだろう!?　神祓衆たちが氷知を待ってる、だから菅生に連れ戻す」

菅生の郷を出る間際、幼い時遠が昌浩に言ったのだ。

氷知を必ず見つけて一緒に帰ってきてくれと。

——ひじりにおそわったさいもんを、つかえずにとなえられるようになったんだよ
聞いてもらって、うまくできたらほめてもらうのだと、言っていた。

時遠だけではない。螢もまた、氷知を案じていた。

氷知のことだから、絶対にしぶとく生きている。でも、自分では帰ってこられない状況にあるだろうから、力を貸してやってくれと。

何も言わなかったが、夕霧も螢と同じ想いだと、彼の目から伝わってきた。

「みんなが待ってる。俺だって、氷知にはたくさん世話になったんだ。返してもらうぞ」

言うが早いか、昌浩はあやめの間合いに瞬時に入り込む。はっと目を瞠った彼女の肩を捕らえ、手首を掴んで背にねじ上げると、そのまま引き倒す。

「…っ！」

あやめが短い悲鳴をあげる。昌浩は力をゆるめない。彼女は智鋪衆に仕える榊の者だ。何を仕掛けてくるかわからない以上、相手が女でも容赦はできなかった。

その隙に太陰が氷知を確保した。

「ちょっと、しっかりしなさい！」

太陰が氷知と顔を合わせるのはこれが初めてだ。

「氷知、わたしの声がわかる？」

あやめと昌浩から距離を取って氷知を横たえ、肩を揺すって頰を軽く叩く。

「……ぅ……」

かすかなうめきを確認して、太陰はほっと息をついた。

激しく消耗して傷だらけだが、かろうじて息がある。

「もう大丈夫……」

ふいに、太陰の視界に白いものがふわりと掠めた。

顔をあげると、魂蟲たちの白い翅がごく近くを舞っている。ふたりの周りに、球から逃れた魂蟲たちが徐々に集まってきているのだった。

「どうして……」

呟いた太陰の耳に、しゃがれた弱々しい声が忍び込んできた。

「……しん……き……に……」

「え？」

視線を落とすと、うっすらと瞼を上げた氷知の赤い瞳が、太陰に向けられている。

「氷知、わたしは安倍晴明の従える十二神将よ、わかる？」

浅く速い苦しげな呼吸を繰り返す氷知は、瞼で応じた。

知っているとも。直接見えることはこれまでなかったが、神祓衆はずっと安倍家を見張ってきたのだ。

太陰は頷いて顔をあげた。

「昌浩！　氷知は大丈夫よ！」

太陰の叫びに、昌浩はあやめの拘束を解いて飛び退る。

それまで昌浩たちがいた場所に、怒り狂った黒蟲の塊が突進してきた。重い唸りとともに地を穿ったそれは、ばっと四方に散って昌浩を取り囲む。

昌浩は素早く印を組み、五芒星を描く。

瞬時に張り巡らされた結界に弾かれた黒蟲が、獰猛な唸りにも似た激しい羽音を轟かせて、なんとか障壁を破ろうと群がってきた。

昌浩の霊力が、黒蟲たちに徐々に食い破られていく。

長くはもたない。

「どうする……」

昌浩は辺りを素早く見回した。

どこまでも広がっている闇のように思えるが、果てはあるはずだ。陰気に満ちた空間。あの球を隠すために作られた場所なのだろうと、昌浩は推察する。

「作られた空間なら、破れるはず……」

ひとつでもいい、綻びを作れれば、そこが突破口になる。

太陰は、魂蟲たちと氷知を取り囲むように神気の風を旋回させ、襲ってくる黒蟲を阻んでいる。だが、これほどの陰気に触れつづければ、尸櫻の界で神将たちが穢れの邪念に神気を根こそぎ抜かれたのと同じように、太陰のそれもやがては枯渇してしまう。

急いで手を打たなければ。

「………どうして？」

唐突に、昌浩の耳朶にその声が突き刺さった。

あやめだ。昌浩は、思わず動きを止めた。

どうしてかはわからないが、その語気が昌浩を戸惑わせたのだ。

それは、本当に不思議そうな、どこか悲しげな響きの、声だった。

黒蟲の向こうにあやめが佇んでいる。なぜかその姿は、寄る辺のない子どものそれに、似ているような気がした。

柊子によく似た面差しの女は、顔を歪めて言った。

「どうして邪魔をするの？」

「邪魔？　そんなの…」

「姉さまに何か吹き込まれたのね？」

突然出た言葉に、昌浩は虚を突かれた。

「は？」

脈絡がわからず、昌浩は怪訝そうにあやめを見返す。彼女は両手を握り締めて、悔しそうに唇を噛んでいる。

「姉さまは、いつもそう。優しい姉さま。頭のいい姉さま。なんでもできて、みんな姉さまが大好き。姉さまが一番大事」

堰を切ったようにあやめはまくし立てる。

「いつもいつもいつもそう！　姉さまのために里を出て、あやめも一緒に連れて行かれたの。姉さまのために。姉さまが連れて行くって言ったから。あやめは、じじさまとばばさまと一緒にいたかったのに、里のみんなといたかったのに！」

途切れることのないあやめの叫びが、徐々に涙で揺れていく。

「かあさまも姉さまが大事、柊の次代の長だから、姉さまが無事ならそれで良かった。いつもいつも姉さま、姉さま、姉さま。姉さまの言うことならなんでも聞くの。あやめのお願いは誰も聞いてくれなかったのに！」

まるで幼子が駄々をこねるように、あやめは泣き叫ぶ。

「そのうちに、お前はいらないと言われたわ。もういらないから、よそに行けって。かあさまは何も言わなかった。じじさまもばばさまも誰も止めてくれなかった。姉さまが、よそへ行け、もう戻ってくるなって、言ったから、みんながそう決めて。怖いひとたちが迎えに来て、あやめは嫌だと言ったのに、手を放してくれなかった。優しい姉さまは涙を流して、とてもとても優しい声で言ったわ、かわいいあやめ、お前はもうどこにもいらないの、て！」

悲鳴のように叫んで、あやめは頭を抱えてうずくまる。

「姉さまとかあさまは行ってしまった。あのひとたちはあやめのことなんて本当はいらなかったのに、仕方なく引き取ったのよ。でもやっぱりいらなくなって、船に乗ったわ。雨が激しくて、波が高くて、大きく揺れたの。あやめは怖くて怖くて船にしがみついていたのに、あのひとたちは笑ってあやめの手を引き剝がして、あやめを海に突き落としたの！」

あやめの叫びは止まらない。

「あやめは海に落とされて……怖くて…苦しくて……！　もうだめだと、思ったときに……」

ふいに彼女は顔をあげて、ぎらぎらと異様に光る目で昌浩を凝視すると、嬉しくてたまらないという顔で笑った。

「……祭司様が、助けてくれたの」

初めは虚をつかれて唖然とした昌浩だったが、彼女の台詞に矛盾があるのに気がついた。

彼女自身の台詞だけではない。柊子から聞かされた柊衆の話とも食い違っている。

柊子は言っていた。里の者たちは次々に病を発し、彼女の祖母も父も死んだ。柊の長である彼女の祖父は、娘に子どもたちを連れて里を出ろと命じ、娘は子どもふたりを連れて山を下りた。その子どもたちが柊子とあやめだ。

やがて、ある晩親子三人の前に白い蝶が現れて、長の死を知った。柊の里は絶えてしまった。

柊子の母は彼女が十五歳のときに病を発し、帰らぬひととなった。柊子とあやめはふたりで身を寄せ合って懸命に生きたが、子どもだけでは程なくして生活が行き詰まり、子のない夫婦に望まれてあやめはもらわれていったのだ、と。

あやめがふらりと立ち上がる。

「祭司様がいなかったら、あやめは死んでいたの。祭司様はあやめに優しくしてくれて、とてもかわいがってくれた。ずっとそばにいてくれて、なんでも教えてくれた」

涙の消えた瞳に、ゆらゆらと翳が踊っている。

「あやめがどうして死ななければいけなかったのか、どうして大好きなひとたちと引き離されたのか、全部、全部、祭司様が教えてくれた」

彼女の放つ気配が穢れを帯びて、黒蟲たちが歓喜に震えて縦横無尽に飛び回る。

「ぜんぶ、ぜーんぶ、姉さまが、柊が、悪かったの」

黒蟲に囲まれて、その羽音に包まれて、あやめはどこか壊れた瞳を輝かせる。

「柊が悪かったから、柊は一度滅びなければいけなかったの。だからみんな死んだのよ。死ねば罪はなくなるから、死ぬことで救われるの。でも、死ぬまではそれがわからないから、柊も、楸も、榎も、椿も、みんなやってはいけないことをして、罪に罪を重ねてしまったの」

あやめは両腕で自分の体を抱くようにした。

「あやめは、榊の最後のひとりになるの。そのひとりが祭司様のために力を尽くしたら、榊の犯した罪のすべてを、神は許してくださるのよ」

祭司は哀しげに言った。

憐れなあやめ、お前は榊衆すべての罪を背負わされた、罪の形代だ。お前がこれまでどれほどつらかったか、寂しかったか、苦しかったか、悲しかったか。ほかの誰もそれをわかってやれなかった。

いいや、わかってやれなかったのではない。わかっていて、見て見ぬふりをしていたのだ。お前が気づいてしまったら、お前はそこから逃げるだろう。そうしたら、自分たちがそれを負わなければならなくなってしまうから。幼いお前に、愛らしく素直なお前に、すべてを押しつけて、自分たちの平和と幸せのためにお前を犠牲にしたのだよ。

お前はそのために生まれてきた、そのためだけに生まれた生贄だった。

けれども、それを恨んではいけない。

罪の形代だからこそ、できることがある。お前は道を開けるのだ。神を招くための道を、お前だけが敷けるのだよ。

「祭司様はそういって、あやめを抱きしめて、ずっと頭を撫でてくれた。あやめが泣くと、いつもそうやって、そばにおいて、なぐさめてくれた」

その時に感じた喜びや充足感を思い出しているのか、あやめはうっとりと微笑む。

「柊の里にいたら、あの怖いひとたちに引き取られなかったら、海に落とされなかったら。あやめは祭司様に出会えなかった。抱きしめてもらうことも、なぐさめてもらうことも、知らないままだった」

黒蟲の群れが、彼女の心を映しているかのように妖しく波打つ。

「あやめは、だから、姉さまを許してあげることにしたの」

重い羽音が幾重にも響いて、その中を、少し舌足らずで甘えたような、まとわりつくような媚を含んだ声が縫ってくる。

「姉さまがあやめをいらないと言ってくれたから、祭司様にたくさんのことを教えてもらえたの。じじさまもばばさまもとうさまもかあさまも、姉さまも、里のみんなも、あやめに嘘しかついていなかったって」

彼女が言葉を継ぐたびに、黒蟲が数を増していく。

「ぜんぶ、ゆるしてあげる」

全身にまといつく黒蟲を愛おしげに眺めて、あやめが繰り返す。

「ゆるすたびに、黒蟲が生まれるの。祭司様は、この翅があやめの形代だと教えてくれた。あやめがひとりひとりをゆるすたびに、榊の罪がほどけていくの」

あやめが両手をのばすと、黒蟲がざわめいた。

「ほどけた罪を紡いで糸にするのよ。黒蟲は、罪を繰って作った繭から生まれるの」

点のように小さな黒蟲が、あやめの手足や首の肌にまといついて羽音を響かせる。黒蟲に煽られた長い髪が翅の立てる風をはらんで揺らめき、黒蟲がその髪を飾るようにまといつく。

「だから、これは黒いの。罪の形代は、闇の色をしているから」

そうして彼女は、自分を覆い尽くすほどの蟲の大群を見つめる。まるで心を奪われているような、陶然とした眼差しで。

「なんてきれい。……祭司様の、瞳の色と同じ……」

彼女の言葉にはらまれた底の知れない狂気が、昌浩の背筋を撫であげて慄然とさせる。

淀みなく独白しながら時折見せるどこか艶めかしい表情に、昌浩はぞくりとした。

あやめの声に偽りはない。祭司から教え込まれたすべてを、彼女は真実だと信じている。

いやおそらく、信じているとか、そういう次元ではないのだ。

あやめにとって、祭司の言葉が世界そのもの。彼女が生きているというのと同じくらいの自明の理。

昌浩は、智鋪の宗主の許で手駒となっていた頃の風音を思い出した。

何も覚えていない風音に、宗主は偽りを植えつけた。父である榎岦斎は安倍晴明と十二神将騰蛇の手にかかって殺されたのだと。彼女は抗う術を知らなかった。孤独と悲嘆の中で、宗主の告げる言葉と、見せかけの優しさだけが縋れる唯一のものだった。

あやめも同じだったのだ。海に落ちて九死に一生を得た彼女は、それまで信じていたすべてを覆された。時間はさほどかからなかったかもしれない。海から引き上げられたとき、彼女は生死の狭間にいただろう。智鋪衆の力、否、九流族の末裔の力を使えば、現世と幽世の狭間で朦朧とした心を縛り偽りに染めることは決して難しくなかったはずだ。

智鋪は、柊子以外にひとりしかいなかった柊の子を、榊衆の末裔を手中に収めて、その血が持つ力を利用したのだ。

孤独を憎しみに替え、悲しみを恨みに替え、肉親への情を祭司への思慕に替え、彼女の心を穢れで満たして、絶えず黒蟲を生み出させるための陰気の形代に替えた。

もしかしたら智鋪衆は、柊子とあやめ、どちらでもよかったのかもしれない。たまたまあやめの乗った船が転覆し、海に呑まれた。そこに智鋪の祭司が手を差しのべて、あやめは祭司への思慕を育てていった。

榊衆の者たちは凄まじい霊力の血筋だ。その重い役目に必要な力を持っている。その力を陰に染めれば、こういう使い方ができるのだ。

なんと狡猾で、周到なのだろう。智鋪はここでも何年もかけて、道を敷いていたのだ。

瑠璃にひびが入るような音を聞いて、昌浩ははっと我に返った。自身の周りに張った障壁が削がれて、亀裂が生じている。

見れば、太陰の放つ風の渦がだいぶ小さくなっている。ともすれば黒蟲の翅が太陰と氷知に届きそうなほど気流の層が薄い。

あやめに視線を戻すと、彼女は笑っていた。

「しまった……！」

時間稼ぎをされたのだと気づいたとき、昌浩を囲む障壁が砕けた。

黒蟲が群れをなして昌浩に躍りかかる。同時にあやめが昌浩の間合いに滑り込んできた。

その手にあるのは木を削って作られたと思しき短刀。切っ先が赤黒いもので濡れ光っている。

氷知が流した血だと察したときには、切っ先が昌浩の喉笛に迫っていた。

あやめが口の中で紡いでいる。

「朽ち木、朽ち気、蟲の餌」

呼応するように、切っ先に黒蟲がたかってびっしりと翅に覆われる。

血は穢れ。黒蟲は陰気。体内に直接注がれたら祓いようがない。

「く…っ」

霊術を放とうとしたその瞬間、突如として白い翅が、昌浩の眼前に出現した。

大きく開いた白い翅に、あやめとそっくりの面差しが浮かんでいる。

あやめが目を瞠った。

「姉さま…!?」

あやめは咄嗟に刃を引いて、白い魂蟲をまじまじと見つめる。

「姉さま、どうして……」

本気で困惑している声音で、あやめは呟いた。

「あやめ、大好きな姉さまには、生きていてほしかったのに」

あやめの目に涙がにじむ。

その隙に昌浩は地を蹴り、あやめと黒蟲たちから距離を取る。

ふわふわと舞う魂蟲の翅に浮かぶ閉じられていた瞼がゆっくりと開き、昌浩はそれと確かに目が合った。

どこか悲しげなその眼差しを受けた途端に昌浩は、悟った。

柊子はもう生きていない。文重の魂蟲によって存えていたかりそめの生を、彼女は終えたのだ、と。

風音に任せていたのにどうしてそうなったのかはわからない。だが、柊子がもうこの世にいないことだけは、昌浩は確信していた。そしておそらく、彼女がいなければ生きている意味がないと嘆いていた文重も、既にいないのだろう。

風音のことは気になったが、いまは目の前にいる魂蟲のほうが大事だ。

無数の黒蟲が柊子の魂蟲に群がっていく。

「ああ、姉さま」

ふいにあやめの語気が歓喜に震えた。

「あやめのために、来てくれたのね、姉さま。今度こそあやめに、扉の在り処を教えてくれるために……」

魂蟲が応じるようにひらひらと翅を開閉させる。

「祭司様がお喜びになるわ。姉さま、一緒に……」

ふいに、魂蟲にのばされたあやめの指が、止まった。

黒蟲がざわめいて突然魂蟲から離れた。

白い光がふくらんで大きく迸り、昌浩たちの目を射る。

思わず目を閉じた昌浩が手をかざして瞼をあげると、闇を照らしたその光の中に、仄白く透きとおった柊子が静かに佇んでいた。

柊子のまとう霊力は弱々しかった。このままではじきに儚く消えるだろう。

あやめは首を傾けた。

「けど……姉さま。どうしてあの娘の血を飲まなかったの？　せっかく祭司様が教えてくれたのに。姉さまの夫は、姉さまのために、あの娘をきっと殺してくれると思っていたのに……」

訝りながらあやめが口にした無邪気な声音に、昌浩は青ざめる。

あの娘とは誰だ。殺してくれるとは。まさか風音の身に何か。

「でも、もういい。姉さまがあやめのところに帰ってきてくれたから、ゆるしてあげる」

あやめが嬉しそうに目を細める。

それに応じるかのように黒蟲の羽音が激しさを増したとき、柊子が口を開いた。

『……あやめ』

◆ ◆ ◆

随分長い間、夢を見ていた気がする。

夢の中では、いつも自分はうつらうつらと転寝をしている。あの山の上に広がる草原で、涼やかな風に吹かれて、あたたかな陽射しを受けて。

そうやって眠るとき、背中にはいつも、少し固い毛皮の感触と、ふんわりとしたぬくもりがあるのだ。

ずっとそうだった。こんな心地よい陽気の日も、さあさあと雨の降る寂しい日も、雪のしんしんと積もる冬の日も。いつも傍らには必ず、灰黒の毛並みと灰白の毛並みがいて、まったく同じ赤銅の双眸二対が自分を見て、笑うのだ。

「…………」

風が草を揺らすかすかな音を聞いて、比古はぼんやりと目を開けた。

広がった視界は、予想に反して薄暗かった。背中に当たるのは、冷たく固い木の感触だ。

戸惑った比古は、首をめぐらせてのろのろと視線を動かした。

ぱち、と、火の爆ぜる小さな音がした。

そちらに視線をやると、囲炉裏端に人影があって、熾したばかりのような小さな火に細い枝をくべている。

懐かしい背中だった。もう見られないはずの背中だった。

傷の痛みと消耗で倒れた比古を、あの柊の巨木のある建物に運んでくれたのだと、思った。

気を失っている間に、夢を見た。どれくらいの時間が経ったのかはわからないが、未だに夜の帳が世界を覆っているなら、それほど長くはなかったのだろう。

視線に気づいたのか、人影が肩越しにゆっくりと振り返る。

炎の放つ橙色の光に顔の半分が照らされて、こちらに近い半分が翳になった。

「気がついたか、珂神。いや……比古、か。あの名は、お前が名乗るものではなかったな」

苦笑気味に笑う面差しは、記憶にあるものと寸分違わない。

言葉もなく見つめる比古に、懐かしい声が言う。

「すまなかったな、比古。お前たちがなんとか逃げのびてくれて、良かった」

そして、生きてもう一度姿を見せてくれたことに、ほっとしたのだと、つづける。

比古は、強張ってうまく声の出ない喉に、力を込めた。

「……どう、して…」

生きているなら、生きていたなら、どうして戻ってきてくれなかったのか。

肩をすくめて、困った口調が返ってくる。

「すぐには帰れなかった。……俺は、たくさんの罪を犯していたから。それを償えるまで、お前に会えないと思った」

あの崩壊のときに、一度は土石流に呑まれた自分を救い出してくれたのは、智鋪衆だったのだと、彼は語る。

瀕死の重傷だった彼を介抱し、元通りに動けるようになるまで面倒を見てくれたのだと。

そこで傷を癒すうちに、智鋪に救いを求めて集まってくる人々のことを知った。

「俺は、思ったんだ。ああやって集ってくる人々が、お前の民ならば、と。失われた九流の国を再興して、今度こそお前に、お前の受け継ぐはずだったすべてのものを渡してやりたいと」

だから、智鋪衆に与して、地位を得た。

「お前たちがどうしているのかも、ずっと見つづけていた。ふたりきりで生きるのは、寂しいはずなのに、どうして道反に庇護を求めなかったんだ」

一度は剣を交えた間柄でも、残されたお前たちを捨て置くほど、道反の巫女は無慈悲ではないだろう。

比古は、頷いた。

けれども、比古も、たゆらも、そこに身を寄せることはせず、元いた地に戻った。

もしかしたらいつか、帰ってきてくれるかもしれない。

比古が心の奥底でそう思っていたことを、たゆらはきっと知っていた。たゆらも、同じことを思っていたのかもしれない。

ふたりで生きるのは寂しかったが、つらくはなかった。どこに行っても、大事な思い出があふれていたから。ときどき無性に寂しくて悲しくてどうしようもなくなるときはあったけれども、つらいと思ったことは一度もなかったのだ。

ぱち、と火が爆ぜる。

囲炉裏端にたくさんの細い枝が積んである。

枝分かれした先に、枯れた柊の葉が残っている。

「……ひいらぎ…」

比古の呟きに、彼は応じた。

「朽ちて乾いていたから、薪にちょうどいい」

静かな優しい声音に、比古はふいに、声を上げて泣きたくなった。もうそんなふうに泣くことが許されない歳だから、そう思っただけだったけれども。

涙で視界がにじむ。ぱちぱちと、火の爆ぜる音がする。

その向こうで、かすかな羽音が聞こえた気がした。

比古は瞼を震わせて、再び背を向けて囲炉裏に枝をくべている男をゆっくりと見やった。その肩の向こう。火の向こうに、橙色の光が届かぬ場所に。

ごくごく小さな点のような黒いものが、ひそんでいる。

「…………」

火の向こうだけではない。

灯りの届かない場所。周り中に。

あの黒いものがびっしりと張りついて、時折翅を震わせながら、比古を囲んでいる。

「……たゆらも、生きてるよ」

比古が静かにそう告げると、男は背を向けたまま小さく頷いた。

その仕草が懐かしくて、比古は瞬きをする。目尻から涙が伝って、こめかみを濡らした。

夢を見ていた。とても懐かしい夢だった。

夢の中で比古は、うつらうつらとしていて、風が草を揺らす音を聞いてぼんやり目を開ける。

すると、すぐ近くに灰白の毛に囲まれた赤銅の瞳があって、比古と目が合うと、本当に嬉しそうにくしゃりと笑うのだ。

——ほんとによく寝るよなぁ。俺たちは枕じゃないのにさ

そんなふうに言っても、実は、どちらが比古の枕になるかを、灰黒の狼と取り合っていたことを、知っている。毎日ささやかな競争をして、勝ったほうが枕になると決めていたことも知っているし、いつもいつもあと一歩のところで灰黒の狼に勝てず、嘆いていたのも知っている。

そんなふうに嘆くから、結局いつも枕の権利を譲られていたことも、知っていた。

自分の心の声を聞いて、比古はふっと息を詰めた。

知っていたのだ、自分は。知っているのでは、なくて。

《……比……古……》

自分を呼ぶかすかな声を、その瞬間聞いた気がした。

いまにも消え入りそうに弱々しい、けれども確かな意思を持った声が、引き戻そうとしているように。

「…………」

瞬きをするたびに、涙があふれてこめかみに落ちた。哀しいのか、つらいのか、わからないのに、涙だけが勝手にあふれるのだ。

比古は、喉に力を込めた。

「……真鉄」

ぱち、と火が爆ぜる。

「もゆらは、どうした……？」

背を向けていた男はゆっくりと振り返ると、静かに笑った。

「たゆらは、お前と一緒に逃げただろう？」

「……そう、だな」

そう、たゆらは。でも。

「そうだとも」

目を閉じて、あふれる涙がこめかみを冷たく濡らすのを感じながら、比古は息を吐(は)く。

本当は、わかっていた。

「……もゆらは、いないんだな」

「たゆらはここにはいないさ。怪我(けが)を負わせたことを、あとで詫(わ)びてやらないと」

比古は肘(ひじ)に力を込めて、全力で起き上がった。

夢を、見ていた。儚(はかな)い夢を。

「……違(ちが)う」

語気が変わったことに気づいたのか、男が沈黙(ちんもく)する。橙色の光が面差(おもざ)しの半分を照らして、こちらに近い側は翳になっていてよく見えない。

「もゆらだ。たゆらじゃない」

「もゆら？　……ああ」

思い出したように頷いて、彼は唇(くちびる)を動かす。

「あの、役立たずか」

手のひらの親指の付け根で目の際(きわ)を何度も拭(ぬぐ)い、比古は肩を震わせる。

あのとき。赤毛の狼を成敗したと言い放った声を、覚えている。理由もなしにそんなことをするはずがない。何かがあったのだ。何かが。

実の息子であるはずのもゆらに、ひどく冷たかった赤毛の狼。

いま放たれた語気は、赤毛の狼のそれに、とてもよく似ていた——。

どくんと、鼓動が跳ねた。変わってしまったのはどうしてだ。成敗しなければならなかった理由はなんだ。

それは。おそらく、もう比古は、理由を悟っている。

「………お前は、誰だ」

顔をあげて低く唸った比古を見返す男の目が、昏く光ってにぃと嗤った。

瞬間、囲炉裏の火が激しく燃え上がったかと思うと、ふっと掻き消える。そして、周囲にひそんでいた黒蟲たちが激しい音を立てて飛び立った。

比古たちを取り巻く景色が一変する。

あの朽ちた森の中だった。比古は幻想の中に取り込まれていたのだ。

周囲を飛び交う黒蟲の数が尋常ではない。漂う甘ったるい死臭も濃くなっている。

素早く視線を走らせた比古は、黒蟲がびっしりとたかって大きな塊になっているのに気がついた。ひときわ濃い陰気がその周りに凝っている。

比古は頭を振り、記憶を歪める紗幕にも似たものを確固たる意思で削ぎ落とした。

ここには昌浩と、十二神将ふたりと一緒に来たのだ。木枯れの原因を追い、氷知の行方を探すために。

昌浩と太陰は、あのあやめという女とともに、別の場所につながる扉の向こうに消えたのだ。

そして自分の許には、六合がいたはず。しかし、目につくところにその姿はない。

しかし比古は、六合が自分を呼ぶ声を聞いている。そのおかげで戻って来られた。

「六合は……」

その姿を捜した比古は、突然冷たいものにうなじを撫でられたような気がした。

いまにも消え入りそうな弱々しい声。

「……まさか」

はっとして、霊力を黒蟲の塊に叩きつける。無数の翅がわっと散り、たくさんの白骨が折り重ったその下に、倒れた神将の姿があった。

「六合！」

白骨を払いのけて六合を引きずり出す。

ぴくりとも動かない六合には、神気が欠片も感じられない。土気色の顔は生気がまるで失せていた。しかし、生きている。息もある。

だが、それだけだ。神気が完全に枯渇しているのが見て取れる。穢れと陰気にやられたのか。

幻想の中で、比古は確かに六合の声を聞いた。

おそらく、こんな状態であるにもかかわらず、持てる力を振り絞って、惑わされかけた比古の正気をつなぎ止めてくれたのだ。

六合の倒れた辺りの地面が震え、たぷんと音がする。

よく見れば、小指の先ほどの大きさの顔がびっしりと並び、比古を凝視していた。

「っ！」

反射的に印を組んだ比古が術を放つより早く、数えきれない顔が黒い点と化して黒い小さな翅を具えると、一斉に飛び立った。

唸りのような羽音が耳朶に突き刺さり、鼓膜を震わせて頭の中で幾重にも反響した。激しい耳鳴りが脳天を貫き、凄まじい痛みとなって比古を襲う。

耐え切れずにうずくまった比古に、智鋪の祭司が言った。

「比古、お前はどうして、俺の言葉を信じない」

「……っ、黙れ…！」

昌浩が言っていた。お前は誰だと。躯を器に仕立て上げたか、と。

比古は、信じたくなかった。真鉄がもういないのだと。これは、真鉄の躯で、中に入っているのは別のものだということを、信じたくなかった。

直視しなければならなかったのに、目を背けようとした。

見なければ、また元通りになれると思いたかった。そんなことは、ありえないのに。

時は戻せない。自分には戻せるだけの力も技もない。それに、おそらく比古の知る真鉄は、それを望まない。

偽りだらけの智鋪の祭司は、それでも幾つかの真実を口にした。

たくさんの罪を犯したことは本当。珂神の名はもう自分のものではないことも本当。

ずっと自分とたゆらを見ていたとも言っていた。

比古は、昌浩から聞いていた。ずっと道が敷かれていたのだと。

ならば、あの事件が起こるずっと前から、自分たちは見られていたということになる。

赤毛の狼真赭が、なぜあれほどに実の子であるもゆらに対して冷酷だったのか。

九流族の末裔となったふたりを育て、祭祀王としての責務としきたり、技法のすべてを教えてくれた真赭を、なぜ真鉄は殺さなければならなかったのか。

ずっと昔から道は敷かれていた。

軀を器に仕立て上げ、幾つもの運命を狂わせてきたのだというなら。

「お前は、真赭か…!?」

比古の唸りに、真鉄は笑ったまま答えなかった。

それが答えだと、比古は悟った。

真赭はいつの間にか死んでいて、あるいは殺されて、これに器とされていたのか。そして真鉄はそれを見抜き、真赭の仇を討ったのか。

けれどもこれは死ななかった。真鉄はおそらく、これを殺せなかったのだ。

そして、これは土砂に呑まれた真鉄を次の器に仕立て上げた。

そういうことか。

智鋪の祭司は、いびつに笑いながら腰（こし）に佩（は）いた剣（つるぎ）の柄（つか）に手をかける。

抜（ぬ）き放たれた切っ先が、黒蟲の陰気で曇（くも）っているのを比古は確かに見た。

◆　◆　◆

帳台の中で体を丸くして目を閉じたまま、脩子はまんじりともせずに夜明けを待っている。

夜が明けても、何もなければいい。

内裏（だいり）からの使いが来なければいい。

そうして、そんな朝が繰（く）り返されて、いつしかなんの不安もない日が来ればいい。

「……っ」

ひゅっと喉（のど）が音を立てて、脩子は茵（しとね）の中にもぐりこんで息を殺した。

心労が重なって、ずっと調子が良くない。夜になるとひどく寒い。時々喉がいがらくなって咳（せき）が出る。

けれども、藤花や風音にこれ以上の心配をさせたくなくて、黙っていた。

季節外れだが、疲れて体力が落ちたから風邪を引いてしまったのだろう。

命婦も菖蒲も未だに臥せっている。父のこともある。自分は元気でいなければ。

毎晩鬼を連れて茵にもぐりこむのは、あの濡れ羽色の体がとてもあたたかいからだ。

ぬくもりが恋しくて手をのばした脩子は、鴉が近くにいないのに気がついた。

どうしたのだろうかと訝ったが、探しに帳台から出ることまではしなかった。

茵の中に入っていれば、それほど寒くはない。

目を閉じて呼吸を数える。

早く眠ろう。眠ってしまえば、きっと幸せな夢を見られる。なかなか覚えていられないけれど、嬉しくて幸せな夢だということだけはわかっているから、それで充分だ。

脩子の幸せは、母にもう一度会うこと。父と同じように、夢の中で会うことだ。

風邪のせいか、妙に体の芯が熱い。だんだんうつらうつらとしてくる。

ふいに、小さく咳き込んで、呼吸が苦しくなった。ちゃんと眠れていないからだと思った。

どこか遠くでかすかな羽音が聞こえたような気がしたが、脩子はすぐにそれを忘れた。

◆ ◆ ◆

8

魂蟲の映した姿で妹に呼びかけた柊子は、悲しげに微笑んだ。

『私と一緒に、扉の向こうに行きましょう、あやめ……』

唐突な言葉に、あやめは目をしばたたかせた。

「……なんですって？」

胡乱げに柊子を睨めつけて、あやめは目をすがめる。

「姉さま、何を言っているの？　……扉の向こう？」

それは、黄泉の世界だ。

「どうしてあやめがそんなところに行かなければいけないの？　あやめはこうして生きているわ。祭司様が救ってくれたから……」

すると、柊子は涙をこぼして頭を振った。

『いいえ……。あなたはもう、あのときに命を終えていた』

生きていてほしいとどれほど願ったか。こんな形でも再会できたことが、どんなに嬉しかったか。

けれども、柊子は気づいていた。

『あなたは、私と同じなの』

「おなじ？」

柊子があやめに手をのばす。白くほっそりとした左手だ。

あの、左半身が朽ちて見る影もなかった姿ではなく、生前の美しい姿を取っている。

昌浩は思った。これは、この魂蟲の持つ柊子の記憶なのだ。

『あなたは、死、そのもの。あなたが穢れを生んでいる』

姉の言葉に、あやめはきょとんとした顔でさかんに瞬きをした。

「……何を、言っているの、姉さま」

柊子の頬に涙が伝った。

『あなたに会って、わかった。あなたが、この木枯れすべてを生んでいたのね』

その言葉に、昌浩ははっと息を呑んだ。

「そうか、朽木……！」

昌浩はようやく気がついた。

柊子が放つ穢れ。凄まじい陰気。黒蟲を呼び、そこに陰気が凝っていく。

木枯れが穢れを呼ぶだけではないのだ。穢れも木枯れを引き起こしていたのだ。

死んだ柊の軀。死は穢れ。柊の名を持つ者が穢れれば、その穢れがめぐって木枯れを引き起こす。柊子によって都の穢れが増していたように。

智鋪衆は、あやめを使って木枯れを広げていた。生死の条理に背いた柊衆の軀が、気のめぐりを阻んで木枯れを引き起こしていたのだ。

あやめ自身が言っていたではないか。ゆるすたびに黒蟲が生まれると。

黒蟲は陰気の具現。死は穢れ。陰気が増せば黒蟲が増え、それが更に穢れを広げていく。

あやめの面持ちが険しくなった。

「あやめは、祭司様のお言葉どおりに、みんなをゆるしてあげたのよ。だからこんなに綺麗な蟲が生まれたの。ほら……」

あやめがのばした手の先に、新たな黒蟲の群れが球となって現れた。

「いまの嫌な言葉も、ゆるしてあげる。姉さま、扉の在り処を教えてちょうだい」

『一緒にいきましょう』

「姉さまひとりでいけばいい。あやめは、ずうっと祭司様のおそばにいるわ」

羽音がひときわ激しさを増す。

昌浩は視線を走らせた。数を増した黒蟲が、太陰たちに向かって行く。

風の渦はもう持たないほどに弱まっている。

「オン！」

群がってくる黒蟲を吹き飛ばし、昌浩は神将と氷知の許へ走った。

その姿を横目に見ながら、柊子は両手をあやめにのばす。

あやめは足を引いてそれから逃れた。

「やめて。あやめに触らないで」

『可哀想に。あの男に、穢れを注がれつづけて、あなたはもう……』

妹に起こった悲劇のあまりの痛ましさに柊子は顔を歪める。

一方、あやめは怒りで瞳を昏く輝かせた。

「……件」

呟くと、彼女の背後に黒い水面が瞬く間に広がり、波紋を起こしながら件が浮かび上がる。

昌浩の霊術で黒蟲の襲撃からからくも逃れた太陰は、あやめの背後に現れた件に目を瞠った。

「昌浩、あれ…！」

魂蟲たちが一箇所に固まっている。逃げないのは、飛ぶ力がもうほとんど残っていないからかもしれない。

無数にいる魂蟲たちの翅は閉じられていて、どれが敏次と帝のそれなのかがすぐにはわからない。翅が開けば面差しが模様として浮かんでいるから一目でわかるのだが。

しかし、昌浩はすぐに気がついた。

一匹だけ、白さの質が違う魂蟲がいる。何と言えばいいのだろう。ひときわ澄んだ白で、輝くような。

昌浩は、帝が太陽神天照大御神の後裔であることを思いだした。この魂蟲の色は、陽光によく似ているのだ。

そっと手をのばすと、いつだったかに遠目で拝した帝の醸し出していた波動によく似たものを、その魂蟲から感じた。

「これが、帝か…」

見失わないように、魂蟲に霊力の糸を結ぶ。

敏次の魂蟲も、このたくさんの蝶の中にいるはずだ。

念のために魂蟲たちを霊気の籠に収めて、昌浩はほっと息をつく。ひとまずは安心だ。

動けない氷知を抱え起こし、件に視線をやって昌浩は眉をひそめる。

「件……」

昌浩は辺りを見回した。

凄まじい黒蟲の大群で、陰気が凝ってしたたり落ちてくるようだ。このままでは、太陰も自分も、陰気に生気も霊力も神気も奪われ動けなくなる。

なんとかしてこの場所から出なければ。

ここにはあやめが作った扉をとおってきたのだ。昌浩にはここがどこなのかわからない。

「太陰、この場所の果てはわかるか」

小声で問うと、昌浩の意図を察した太陰は黙って頷き、ごく小さな風を四方に放った。

耳を澄ますと、あやめと柊子の声が聞こえる。

あやめは件に駆け寄って、首に抱きついた。

「件、いい子ね。祭司様のために、予言を放つのよ」

羽音にまじって届いたあやめの言葉に、昌浩は違和感を覚えた。

祭司のために予言を放つ、とは。

訝る昌浩に、風を読んでいた太陰がそっと告げる。

「昌浩。ここ、そんなに広くないわ。暗いから距離感が掴みにくいけど、十丈くらい先に霊力の壁がある」

注意深く風を操る彼女に頷いて、昌浩は瞬時に計算した。

霊力の壁で覆われているなら、それを破ればここから出られる。

あやめはいま、柊子に気を取られている。

「太陰、氷知と魂蟲を」

ささやいて、太陰が目で応じるのを横目に、昌浩は柊子たちの許へ引き返す。

件に抱きついたあやめが、言い聞かせるように言葉を継ぐのが聞こえた。

「件、祭司様から言われているでしょう。あやめの言うことも聞かなければだめだって」

すると件はようやく、あやめに応じたように口を開いた。

「……こ」

「オン、ボク、ケン！」

短い真言が羽音の間隙を縫い、件の声を封じた。

瞠目した柊子が昌浩を顧みる。昌浩は拍手を打った。

「八剣は花の刃、此の剣は雷の刃」

掲げた刀印の切っ先に白銀の閃光が迸る。

わっと群がってきた黒蟲を一瞥し、昌浩は叫ぶ。

「向かう悪魔を打ち祓う草薙の剣！」

横一文字に薙ぎ払った切っ先から八重の雷が放たれて縦横無尽に駆けめぐる。

黒蟲の羽音が轟音に掻き消され、雷光に呑まれた黒蟲が音もなく消滅する。

雷の一本が件を貫き、妖は叫びもせずにもんどりうって水面に沈む。

弾かれたあやめも撥ね飛ばされて、悲鳴を上げながら転がった。

体をしたたか打ち、あやめはうめいて立ち上がれない。

その傍らに柊子が膝をつく。

『あやめ。あなたを手放すのではなかった。許して』

「いやよ、だって姉さまは…っ」

ふいにあやめの目が涙で揺れたのを、昌浩は確かに見た。

「泣いて嫌がったのに、あやめの手を放してしまったじゃない…！」

それまで小揺るぎもしなかったあやめの心に動揺が生まれている。柊子の言葉を突き放すことができず、どうしていいのかわからなくなっているのだ。

あやめが先ほど語った柊子と、いま目の前に現れた柊子とは、まったく違う。あやめ自身もそのことに気づいて戸惑っている。

なぜ急にと昌浩は訝った。

あやめたちを見つめた昌浩は、柊子の眼差しがそれまでに見ていたものとはまるで変わっているのに気づいた。

これまで昌浩が見ていたのは、悲嘆と後悔に満たされた弱々しい目だった。

しかし、いまの柊子は違う。なんとしてでも妹を連れていくという強い意志が宿っている。未練を断ち切った柊子の心が変わったからだ。彼女の放つ言霊に力がある。真の響きが、あやめの頑なだった心を揺さぶるだけの力が。

しかし、先の八重の雷だけでは消しきれなかった黒蟲たちが、再び彼女たちに群がろうとしている。柊子の力はそれほど残されていないはず。

昌浩は考える。

どうにかして黒蟲の陰気を一瞬で祓う方法はないか。黒蟲と、この地を囲む結界をまとめて壊せるだけの手立て。

昌浩の脳裏に、十二神将火将騰蛇の姿がよぎった。あの灼熱の業火なら、それこそ瞬時に黒蟲すべてを呑みこんで、結界を舐め尽くして打ち破れそうなのに。

物の怪が、紅蓮が、力を使い果たして未だに動けないことが、こんなに響くとは。

次があったらもう少し考えて配分をしようと、心に決める昌浩である。

次もあるのかと物の怪が目を剝きそうだが、いつ何が起こるかわからないのだからそういう心づもりは必要なのだ。

埒もないことを考えて、おかげで少しだけ落ちついた。この場にいなくても、物の怪はやはり昌浩にとって頼れる相棒だ。

「火は、浄化」

彼は知る由もないが、奇しくもそれは、柊子と同じ選択だった。

昌浩は一度、火の神の力を借り受けたことがある。あれはもうここにはないが、昌浩はあの波動をまだ覚えている。

覚えているものは、形代があればその影を降ろせる。

形代は、この体。

「言別て」

短く紡いだ声に、柊子が反応したのがわかった。昌浩の意図を瞬時に察したのか、かすかに頷いてみせる。

そして彼女は、立ち上がれないままずるずると後ろに下がっていくあやめの頬に手を触れた。

「嫌…っ」

抗って頭を振るあやめに、柊子は静かに呼びかける。

『あやめ』

言葉は、言霊。

『柊の、あやめ』

名は、もっとも短い呪。

たとえ偽りを植えつけられたとしても、そこにあやめ自身の魂が欠片でも残っているならば、産まれたときにかけられたその呪は、一番深い場所にある。

あやめの双眸が凍りつく。

柊子は妹の前髪を掻き上げた。

『扉を隠す柊の役目を、ここで終えましょう』

姉を見返すあやめの目に、涙がにじむ。

「……嫌」

頭を振るが、それはもはや抗うというより、子どもが駄々をこねるような、弱々しい最後のあがきだった。

「いや、だって、祭司様。祭司様は…あやめを…とても愛しんで…慈しんで……だか…ら…」

ふつりと、あやめは言いさした。

周囲を飛び交う黒蟲たちがあやめにまといついて翅を打ち鳴らす。

先ほど柊子が告げた言葉を、あやめは気づけば口にしていた。

「……柊の…あやめ……」

柊は、魔除け。あやめは、——文目。

柊衆の長だった祖父が、ふたり目の孫娘につけたのは、条理を意味する文目という名。

柊子を見つめるあやめの頬に、涙がこぼれた。

いつしかあやめは、がたがたと震え出していた。

智鋪の祭司に乞われるままに、黒蟲を繰り紡いで、木枯れを広げて、穢れに染めて。

「……ねえ…さま……」

「……わた…し……なんて……こと…を……」

彼女の奥底に刻まれていた条理の呪が、智鋪にかけられていた偽りの記憶を打ち破ったのだ。

己れの犯した罪の重さに震える妹の頭を、柊子は愛おしげな手つきで何度も撫でる。

『私も同じ。……だから、扉の向こうに、いくの』

扉の向こうは、通常の死者が行くところではない。

境界の川を渡るのでもなく、冥官の門をくぐるのでもなく、夢殿に住むのでもなく。

扉の在り処を誰にも知られぬように、その扉の向こうに沈むのだ。

役目を果たす代わりに、二度とひとの生は得られない。それが、償いきれない罪を犯した自分たちの負うべき罰。

柊子の姿が輪郭を失って、白い魂蟲に戻る。

あやめが瞼を落として、ぐらりと傾ぐ。倒れた体は乾いた音を立ててばらばらに砕けた。

昌浩は目を瞠った。あやめの体はからからに干からびた白骨と化していた。

これが彼女の真の姿。彼女は、船が転覆して波に呑まれたときに死んでいたのだ。

白骨から弱々しい小柄な蝶がふわりと飛び立ち、それに柊子の魂蟲が寄り添った。

二羽の蝶がひらひらと舞う。その周りを黒蟲の群れが瞬く間に取り囲んだ。

二羽の魂蟲は、しかし黒い翅が襲いかかってくる前に掻き消える。

獲物を失った黒蟲は、標的を昌浩と神将たちに据えた。

激しい羽音が雪崩のように向かってくる。

同時に昌浩は拍手を打った。

「軻遇突智の神、降りましませ！」

詠唱と同時に、凄まじい焔の神気が昌浩の内側から迸り、爆発する。

氷知と魂蟲の籠を両手で抱えた太陰が、残る力を振り絞って風を渦を巻き起こす。

焔が風にあおられて、黒蟲を瞬時に呑みこむと、すべてを舐め尽くすように広がった。

◆　◆　◆

祭司の掲げた剣が、比古めがけて振り下ろされようとした瞬間。

灼熱の神気が爆発して結界を打ち破り、閉じ込められていた昌浩たちが黒蟲のただ中に転がり出てきた。

何の準備も道具もなしに軻遇突智の焔を召喚した昌浩は、さすがに体力を著しく消耗して即座に動けない。

太陰は氷知の腕を掴むのに必死で、代わりに魂蟲の籠を放してしまう。

転がった虫籠は黒蟲に瞬く間に覆われて砕け散り、収まっていた魂蟲たちが恐れ戦き四方八方に逃げ惑う。

突然の事態に、さしもの祭司も虚を突かれた。

「なぜ…」

視線が逸れたその瞬間を、比古は見逃さなかった。

夢中で間合いに飛び込み、祭司の手から剣を奪い取ると、返す切っ先を喉笛につきつける。

祭司は飛び退って距離を取ろうとしたが、比古はそれを許さない。

体のあちこちが激痛で悲鳴をあげているが、歯を食いしばって堪え、祭司を追い詰める。

いまこうして振るう剣も、真鉄に教わったものだ。

真鉄の体で、真鉄の声で、悪事を行っていることが許せない。

何よりも、ひと時でもそこに夢を見てしまった自分が一番許せない。

「たゆらの、仇……！」

激しい攻撃で、祭司が均衡を崩して転がる。跳ね起きようとしたその眉間に切っ先を据え、比古は低く唸った。

「その体を、返せ……！」

すると、祭司は嘲笑するように言った。

「体？　軀だろう？」

その言い草に、比古の怒りが瞬間的に爆発する。

「貴様……っ！」

怒りのあまりに太刀筋がぶれて、脳天を狙ったはずなのに祭司の額を切っ先が掠めた。

傷口に赤い血の球が浮いて、比古はなぜか激しく動揺した。

出血するのは、体が生きているからだ。

「あ……」

その隙をついて、祭司は深手を負った比古の傷めがけて霊撃を放つ。

「っ！」

近距離でよけられず、もろにそれを喰らった比古は、声もなく押し飛ばされると、朽ちた木々を薙ぎ倒して転がり、そのまま動かなくなる。

比古の手から離れて落ちた剣を拾った祭司は、未だに立ち上がれない昌浩と、氷知を抱えた太陰とを一瞥した。

太陰と目が合う。桔梗の瞳が凍りついたのを認め、祭司はにいと嗤う。

氷知を背後にかばい、手のひらに竜巻を作りだすが、祭司のほうが速い。

そのとき、太陰の背後から手がのびて、彼女の肩を掴むと引き倒した。

太陰の首があった場所を祭司の剣が横薙ぎに払う。

倒れざまに太陰は風の塊を撃ち、祭司の左肩に当たって骨の砕ける音がした。

その音に、太陰ははっと息を呑んで強張る。人間を傷つけてはならないという理が、彼女の意に反して体を萎縮させる。

無傷の右手で剣を構え、硬直した太陰を傲然と見下ろした祭司は、振り上げた切っ先を突然止めた。

太陰は、視界のすみに白いものがひらひらと舞う様に気づいた。

黒い蟲に追い回されながら、たくさんの魂蟲が逃げ惑っている。

しかし、一羽、また一羽と、黒蟲に捕らわれ、あっという間にたかられて、白い翅が無残に崩れて消えていくのだ。

ようやく身を起こした昌浩は、太陰と氷知の眼前で剣を掲げる智鋪の祭司と、黒蟲の群れの中で翻弄される魂蟲たちを見た。

たくさんいたはずの魂蟲は既に半数以下に減り、残る蝶を黒蟲が嬲るように追い回す。

ひときわ白い輝きを放つ魂蟲に結んだ霊力の糸が、黒蟲に食いちぎられていくのが視えた。

そして、同じものを祭司が視ていることに気づき、昌浩は慄然とした。

祭司の目がきらりと光る。

弱々しく羽ばたいて飛ぶ魂蟲めがけ、祭司は剣を無造作に投げた。

帝の魂蟲めがけて剣が風を切る。

「だめだ…っ」

昌浩は駆け出そうとしたが、膝が砕けてつんのめる。

「太陰!」

反射的に発した昌浩の叫びを聞き、太陰は肩を震わせる。呪縛が瞬時にとけたように、太陰は風を放って剣を包み、落とそうとした。

しかし、その風を黒蟲が阻んだ。

剣の切っ先が、帝の蝶の翅をあと少しで切り裂く。

昌浩は思わず手をのばしたが、届くわけがない。

「……っ」

声にならない声で叫びかけたとき、のばした手の先に、昌浩は一羽の蝶を認めた。


ひらと舞う蝶の開いた翅に、よく見知った面差しが浮かんでいた。

唐突に、昌浩は思い出した。

身代わりの、命。

敏次に意識があってその命を受けたら、彼はたぶん、それを受け入れてしまう。

そう、彼は。請わされて、逝くのだ――。

「あ……っ」

ひときわ輝く帝の魂蟲を押しのけるようにして、一羽の魂蟲がその身を切っ先にさらす。

そして、魂蟲は鉄の剣にまっぷたつに切り裂かれ、白い翅がひらひらと散った。

「――――！」

翅に浮かんだ閉じた瞼が、奇妙に満足そうに見えたのは、昌浩の気のせいではなかったかもしれない。

すべては瞬きひとつの間だった。

黒蟲たちが剣に群がって祭司の手に戻そうとしているのを察知し、太陰は慌てて帝の魂蟲を風の渦で包み込むと、昌浩の許に押しやる。

手元に流れてきた魂蟲は弱々しく翅を震わせているが、傷ひとつなかった。

昌浩は茫然と、祭司を見た。

智鋪の祭司は薄く笑うと、口を開いた。

「件」

祭司の足もとから、牛の体にひとの顔を持った妖が現れると、前膝を折って首を垂れる。

その首に手を置いて、祭司は無残に散った翅を一瞥した。

「件よ、いま一度、予言を放て」

命じられるままに、翅に向かって件は言葉を発する。

『この骸を礎に、扉は久しく開かれるだろう……』

どくんと、昌浩の胸の奥で鼓動が跳ねた。

「……この……むく…ろ……」

智鋪の祭司の命じるままに、件は予言を放った。

件の予言は、はずれない。

体が震えて、うまく動かない。散った翅を集めたいのに、指先が、腕が、足が、言うことを聞いてくれない。

ただ、恐ろしいほどに寒かった。全身の血が下がってどこかへ行ってしまったように、四肢の末端が氷のように冷えている。

祭司の呼びかけに応じて現れた件。予言ははずれない。件の予言は。

なんだ、あれは。いま一度放てという祭司の言葉は、これから起こる未来の予言ではなく、既に放たれたものが成就したのだと、昌浩たちに知らしめるためのものではないか。

どうして件が祭司に従うのだ。あれではまるで――――。

「………っ」

ふいに昌浩の瞳がひび割れた。

術者に従う妖。それは、式というのだ。

昌浩は茫然と呟いた。

「……智鋪の…式……？」

唐突に、昌浩は理解した。

だから、いつも、件は智鋪の敷いた道に沿った予言を放つのだ。

件の予言ははずれない。ゆえに智鋪の敷いた道は揺らがない。必ず彼らの描く未来が成っていく。ほかの道はないのだ。

それは予言ではない。予言などであるはずがない。それは、言うなれば、――呪だ。

どくんと、昌浩の胸の奥で鼓動が跳ねる。

「……呪……だったの、か…」

全部。

岦斎も。時守も。屍も。そして敏次も。

皆、件の放った予言という名の呪に囚われて、殺された。

智鋪によって、死に至らしめられたのだ。

「どうして……何のために…っ！」

昌浩の双眸が憤怒で燃えたぎる。

一方の祭司は、激しい怒りを受けても涼しい顔で、肩をすくめて嗤う。

「邪魔なものを潰しているだけのこと」

「邪魔…」

あまりのことに息ができなくなる。

ろくに息が継げず喘ぐ昌浩から視線をはずし、祭司は太陰と氷知を振り向いた。

太陰がはっと息を呑んで、背後の氷知を一瞥する。

氷知の瞼がうっすらと開いて、赤い瞳が覗いている。苦しげな呼吸をしながら、氷知は太陰に目配せをした。

祭司がゆっくりと近づいてくる。

太陰は氷知と昌浩を交互に見て、接近する祭司を睨んだ。

「それ以上近寄るな」

精一杯威嚇する太陰に、祭司は苦笑した。

「近寄ったらどうする？　また折るのか？」

だらりと下がったままの左腕を顎で示し、祭司は太陰の前で膝をつくと目線を合わせた。

「人間を傷つけてはならない十二神将が、この体にとどめを刺せるのか。試してみよう、やってみろ」

無防備に喉をさらす祭司を、太陰は射殺しそうな眼光で睨むが、どうしても動けない。

祭司は右手をのばすと、太陰の結い上げた髪を掴んだ。

「よく元に戻ったな。あれだけ無残に焼け焦げたものを」

「え……」

「騰蛇の炎はお前の髪も肌も焼いたな。あのまま焼け死んでくれれば手間が省けたのに」

しかし祭司は、いいやと頭を振った。

「それでは新たな神将が生まれてしまう。それは具合が悪い。あのくらいがちょうどいい」

呟きながら祭司が一瞥したのは、倒れたまま動かない六合だ。

ふいに、祭司は瞠目した。

「――オン……ッ！」

太陰の陰からのびた血まみれの手が、五芒星を描いて祭司の胸元に放つ。

小柄な神将の陰に隠れていた現影の赤い瞳は、祭司を真っ直ぐ射貫いていた。

氷知が残る力すべてを振り絞った霊術は、祭司の心臓を突き抜けた。

「……っ」

胸を押さえて数歩後退り、よろめいた男は膝をつく。

「く……っ…」

呼吸が乱れて息の継げない祭司に、氷知はしかし次の術を放てるだけの余力を残していなかった。

「……っ…」

悔しげに顔を歪めてうめき、そのまま動かなくなる。

「氷知！」

太陰の叫びが、昌浩の耳朶を叩いた。

昌浩はふらりと立ち上がった。

帝の魂蟲を狩衣の袖の中に隠して、群がる黒蟲たちを睨む。

「どけ…！」

刀印を組み、素早く五芒星を描くと、黒蟲たちをその中に閉じ込める。

「禁！」

五芒星が広がって幾つもの目となり、その中に呑まれた黒蟲が塵になって消えていく。

膝をついた祭司に狙いを定めて、昌浩は真言を唱える。

「オンアビラウンキャン、シャラクタン…！」

祭司が振り返る。

昌浩の全身から、凄まじい霊力が迸り渦巻くのを認め、男の顔に初めて焦燥の色が浮かんだ。

「電灼光華、急々　如律令――――！」

厚い雲に月も星も隠れた空に数条の雷が走り、それらがひとつに集まると、うねりながらまっすぐ落ちてくる。

祭司が天を振り仰ぎ、目を瞠った。

「――――！」

男の頭上に雷神の剣が振り下ろされ、轟音とともに大地を揺るがし白銀の閃光で視界を焼く。

閃光は黒蟲たちの翅も瞬時に焼き切り、大音声にも似た雷鳴に押しやられて、陰気の具現がことごとく消滅した。

9

視界を焼いた閃光の残滓(ざんし)が徐々(じょじょ)に消え、太陰はそっと目を開けた。

祭司がいた場所は深くえぐられて陥没(かんぼつ)し、あれほど群れていた黒蟲(くろむし)が影も形も見当たらない。

振り返って氷知の様子を確かめる。苦しそうな速い呼吸だが、命に別状はなさそうだ。

ほっと息をついた太陰は、昌浩がふらふらと足を進めて膝を落としたのに気づき、慌(あわ)てて立ち上がった。

「昌浩！」

駆(か)け寄りかけて、太陰は立ち止まった。

昌浩は、散り散りになった白い翅を両手で掻(か)き集めていた。

残っているのは翅だけ。白いそれに、閉じた瞼が浮かんでいる。

昌浩は、その瞼をじっと見下ろした。

「……起きて、ください、敏次殿(どの)……」

翅を持つ両手が震(ふる)える。

みっともないくらいに、ともするとせっかく拾った翅を取り落としてしまいそうなほどに。

「敏次殿……だめですよ、こんな……」

俺が予言を覆してみせますと、自分は確かに言ったのに。

「俺が…俺のこと、私、て…ちゃんと、言えてないときに…敏次殿しか、注意して、くれないんです、よ……？」


いまも、時留の術の中で眠っているはずの敏次。

けれども、魂蟲が戻らなければ、やがて彼は息絶えるのだ。

時留はあくまでもその場凌ぎの術。いつまでもあのままではいられない。

魂蟲は、もしかしたら魂緒が形を変えたものなのかもしれないと、昌浩は唐突に思った。

魂が身体から離れないようにつなぎとめている緒が、蝶に姿を変えられてしまったもの。

蝶は死と再生の象徴だから、そこに何らかの意味を持たせたのではないかと。

蟲ではなく緒であるなら、体に結び直せばいい。緒とはそういうものだ。

言葉遊びのようだが、言葉は言霊で、名は呪。

魂蟲ではなく魂緒と名をつければ、そのように成っていく。

「……みんな……まって…る…のに……」

帝の魂蟲も、敏次の魂蟲も、必ず奪い返して連れて帰って、それぞれの体に戻す。そのため
にここまで来た。

木枯れの原因はわかった。それを取り除くこともできた。これから徐々に、立ち枯れた木々

の代わりに新しい芽が出てくるだろう。

木枯れがやめば気がめぐり、穢れもやがては消えていくはずだ。

「……昌浩」

うずくまった昌浩は、頭上から降ってきた呼びかけに肩を震わせて、のろのろと顔をあげた。

太陰が心配そうな面持ちで見下ろしてくる。

昌浩は、散り散りの翅を片手に集めると、袂に隠しておいた帝の魂蟲を出した。

「これを……じい様の、ところに」

魂蟲を受け取りながら、太陰は気遣うように膝をつく。

「あんたも一緒に、帰りましょう、昌浩。……あんたのせいじゃない」

昌浩はしかし、のろのろと頭を振る。

あの瞬間、昌浩は魂蟲の翅に浮かぶ敏次の面差しをはっきりと見たのだ。怖ろしいほど克明で、瞬間瞬間を目の奥に刻みつけるように、時間の流れが止まっているかのように感じられた。

迷いのない面差しで、切っ先に身をさらした魂蟲。

「……届かなかったんだ」

震える手を見つめて、翅をのせた手にもう一方を添える。

握り締めそうになって、慌ててやめた。これ以上ばらばらになってしまったら、どうにもならなくなってしまう。

そう考えている自分に気づいて、昌浩は無性におかしくなった。

ここには翅の残骸しか残っていない。魂の抜け殻。

結界を出るために軋遇突智の焔を召喚した。あれが間違いだったのだろうか。あんな真似をしなければ、昌浩はまだ充分戦えるはずだった。帝の魂蟲を自分の力で守り通すこともできたかもしれない。

だが、ああしなかったら、いまも昌浩はあの結界の中から出られずにいて、黒蟲に霊力と生気を奪われていたかもしれない。やがては霊気が尽きて黒蟲に襲いかかられて、魂蟲たちも喰われてしまっていたかもしれない。

どちらにしても、運命は変わらなかったのだ。

敏次に向けられた予言が、予言ではないと、呪なのだと、どうしてもっと早くに気づくことができなかったのだろう。

予言は覆せない。けれども呪ならば。

呪として扱えば、放った術者に打ち返すことができたのだ。

それこそ陰陽師の領分だったのに。

昌浩はうなだれて、顔を歪めた。

心が空っぽになってしまったように、感情がまったく湧いてこない。

ただ、信じられなかった。もういないのだということが。陰陽寮に出仕しても、もう会うこともなければ、挨拶をかわすこともない。難しい講義について助言を乞うことも、宿直のときに少し手を休めながら、星見や占についての議論を交わすことも、もう。

敏次は、身代わりの命に、本当に、なってしまった。

帝を救えたことに、彼はきっと満足しているだろう。

帝は国の根幹だ。自分の命がその礎となれるなら、これほどの誉れはないと、胸を張って断言するに違いない。

けれども、それはあまりにもむごい。誰かの命を代わりにしなければ助けられないというなら、その誰かのことは果たして誰が助けてくれるのだろう。

昔、自分がそうやって、命を捨てようとしたときのことが胸をよぎった。

あのとき昌浩は、これがもっとも正しい選択だと信じていた。

あの境界の川の岸辺で、残された人はどうなるのかと問われるまで、考えなかった。

きっと、とても哀しいだろうと心のどこかで思っていても、考えないようにしていた。

けれども、哀しいとか、そういう単純なものではないのだと、昌浩はいま思い知っている。

空虚になるのだ。ぽかりと胸に穴が開いて、それをふさぐことも埋めることもできなくて、途方に暮れた子どものように、茫然としてしまう。

「……みがわりの…いのち……」

呟いて、昌浩はぼんやりと思った。

いくら抗おうとしても、運命を変えられなければ意味がない。

これがもし、冥府で決められた寿命だというなら、どうあがいてもそのさだめは動かない。冥府の鬼籍帳に記された歳と名前を書き替えることができるのは、冥府の官吏だけだ。

あのひとなら変えられたんだろうかと、昌浩は考えて、即座にそれを打ち消した。

たとえできても、あのひとはそれをやらない。だからこその官吏なのだ。

ならば、そうか。命を替えられればよかったのだ。死せる命を、別の命に振り替えることができれば、運命を振り替えることができれば、助けられたのだ。

脈絡もない思考の海に揺蕩っていた昌浩は、ふいに瞬きをした。

「…………命を…替える……」

死せる運命をほかの命に替える。代えるのではなく、替える。

この世の条理に反するだろうか。反しなくても、相当の力が必要だ。下手をすると自分の寿命を削る。

それでも、ここで失われるはずではなかった命を、すくい上げることができるなら。

「替える……」

でも、だが、ならば、誰の命と。

誰の命であっても、身代わりにすることはできない。そんなことをするくらいなら、敏次は死を選ぶ。

敷かれた道を変えるには、もっと強く、もっと次元の違うものでなければ意味をなさない。

「………」

昌浩は、息を詰めた。

彼の目が豹変したことに、太陰は気づいた。

「昌浩？」

何かをひらめいた顔だ。

訝る太陰に、昌浩は言った。

「命を…振り替える」

「え」

けれどもそれは、と、太陰が言い澱む。

昌浩は頭を振った。

「違う、そうじゃなくて、死せる命を、その運命を……」

昌浩は、雷に打たれたような衝撃を覚えた。

「……神に、振り替える…」

思いもよらない発想に、太陰は意表を衝かれて二の句が継げない。

手のひらにのせた翅をそっと掲げる。

昌浩は息を吸い込んだ。

「……言別て(ことわけ)」

できるかどうかわからない。もしかしたら、力を根こそぎ使い果たして、自分の命こそが代わりになってしまうかもしれない。

それでも、何もせずにいるよりはましだ。

形代(かたしろ)は、ここにある。

この白い翅に、この身に残るすべての力を注ぎこみ、失われた魂緒(たまのお)を繰(く)り紡(つむ)いで、接(つ)ぎ直す。

そして、死せる運命に替えるのは。

「櫻咲早矢乙矢大神(さくらさくはやとおとやのおおかみ)――――!」

◇　◇　◇

ざわめきを聞いて、脩子はふっと目を開けた。

帳(とばり)の降りた帳台の中は薄暗(うすぐら)いが、外はもう朝の気配に満ちていた。

「鬼……？」

見回してもあの黒い姿がない。夜明け前にも捜(さが)したが、やはりいなかった。

夢ではなかったのだ。

「どこに行ってしまったのかしら」

ふうと息をついたとき、帳の向こうから声がかけられた。

「お目覚めですか、姫宮様」

藤花の声だ。

「起きているわ」

帳をあげて出ていくと、身支度を整えた藤花が端座していた。

「おはようございます、姫宮様。朝のお手水を……」

用意された角盥の水で顔を洗い、渡された布で拭いながら、脩子は首を傾げた。

「なんだか騒がしいようだけど……」

奥の者たちがざわついているのが、離れているはずの脩子の居室にも届く。話し声などは聞こえないが、落ちつかない空気が伝わってくるのだ。

脩子の言葉に、藤花が顔を曇らせた。

「どうしたの？」

彼女は一瞬目を泳がせ、答えた。

「夜が明けてすぐに、先触れが参りまして……」

「先触れ？　内裏から？」

さっと青ざめた脩子に、藤花は慌てて首を振る。

「いえ、内裏からは何も。先触れは、左大臣様の」

「左大臣が、朝早くから、なんなの……？」

本気で訝る脩子に、藤花は曖昧に微笑む。

「姫宮様にではなく、奥向きの者に、御用があるとの仰せで……。本日巳の刻に、お見えになると」

しかし、脩子は出迎えなくてもいいのだという。

脩子は心身ともに疲弊しきっているので、家令が対応するということだった。

「命婦の見舞いにでも来るのかしら」

ずっと臥せっている命婦のことを、少しでも気にかけているのだろうか。

藤花の面差しに陰が落ちる。

脩子はそれがやけに気にかかった。

◆　◆　◆

小さな話し声が聞こえた気がして、重い瞼をゆっくりとあげる。

「……母上……！」

顔を覗きこんでくる三対の目と視線が合って、篤子は少しだけ驚いた。

「……まぁ……何を、しているのですか……」

発した声は、まるで自分のものではないように掠れていた。

篤子の声を聞いた国成たちは、堪えきれずに涙ぐむ。一番年下の瑛子は声を上げて泣き出した。

篤子は驚いて身を起こそうとしたが、どういうわけか体に力が入らない。

戸惑いながら首をめぐらせる。

「母上は、ずっと、眠っておいでだったのです」

忠基がしゃくりあげながら言う。篤子は首を傾けた。

「ずっと？」

「はい」

頷いて、あとは涙で声にならない忠基に代わり、涙ぐみながらもかろうじて堪えている国成があとを引き継ぐ。

「まるで、眠り病のように、何日も何十日も、ずっとお目覚めにならなくて」

篤子は目を瞠った。そんなに長い時間が経っているというのか。

そういえば、と、篤子は思い出した。ずっと、ひどく恐ろしい夢を見ていた気がする。

それは――――。

「……っ！」

胎に手をやる。大きくなった胎の中には、四人目の子がいるのだ。

「先ほど薬師が来て、お腹のお子は少し小さめながら無事に成長していると、申しておりました。だから、ご心配はいりません、母上」

国成はしっかり答えながら、目許を何度も何度も袂で拭う。そうしていないと涙があふれて止まらなくなってしまいそうだった。

篤子はほっとして、胎を優しく撫でた。すると、応えるように、胎の子が動いた。

ぽこんと、内側から小さな音がした。大丈夫だよと知らせているようだ。

良い子だと思った。案じる母に心配させないように、きちんと知らせてくるとは、なんと賢いのだろう。

胎を撫でる篤子の手を、子どもたちがじっと見つめている。気づいた篤子は、もう一方の手を子どもたちにのばし、ひとりずつ頭を撫でてやった。

「大丈夫ですよ」

「はい……」

瑛子がようやく泣き止んで、真っ赤になった目で篤子を見つめ、はにかんだように笑う。

国成も忠基も同じように、目を真っ赤にしていた。

子どもたちひとりひとりに微笑みながら、篤子は夫の姿を探した。

眠っている間、ずっとそばにいてくれていたような気がしたのに。

母の表情を見た国成が、気づいた顔で頷く。

「父上は、刻限なので出て行かれました。お見送りを、私と姫とで致しました」

瑛子が背筋をのばす。

「ははうえがねむっておられたあいだ、わたしとあにうえさまたちとで、きちんとおみおくりとおでむかえをしていました」

「父上は、いつもいつも、偉いぞと、誉めてくれました」

忠基が目を輝かせる。

篤子にも誉めてもらいたくてうずうずしているのが伝わってくる。

「そう。よくやってくれました、ありがとう」

「はい」

三つの声が一斉に答える。

そこに、話し声を聞きつけた女房がやってきて、篤子が目覚めたことに驚き、皆に報せるために引き返していく。

随分大袈裟なと、篤子は苦笑した。

国成が篤子の首のところまで袿を引っ張り上げて、忠基と瑛子を促す。

「さあ、お前たち。母上がお疲れになってしまうから、あちらに下がろう」

瑛子がいやいやと首を振る。

「だめだ。お目覚めになったばかりなのだから、ゆっくりして頂かなければ」

「国成、大丈夫ですよ」

瑛子が可哀想で口を挟むと、国成は眉を吊り上げた。

「いけません。胎の子もきっと休めと言います。尋ねてみてください」

すると、長兄の声が聞こえたように、胎でぽこんと音がした。

篤子は瞬きをして、苦笑した。

「国成の言うとおりのようですね。母はおとなしく休みましょう」

瑛子は唇をきゅっと引き結ぶと、篤子の首に抱きついて、名残惜しげに離れていく。

忠基はそんな妹をうらやましそうに見つめていた。自分もそうしたいのだが、もう大きくなったから、そんな子どものような真似をするのは恥ずかしいのだ。

まだ子どもなのに、随分大人びた考え方をするようになったものだと、篤子は目を細めた。

「では母上。お休みください。あとで何か、滋養のつくものを運ばせます」

国成は弟妹たちの手を取って、対屋を出ていく。

その姿を見送りながら、胎の子は兄君たちがいてくれるから安心だと心から思った。

ふうと息をつき、目を閉じる。

成親は、今日はいつ頃戻るのだろう。宿直だと、戻るのは明日以降になる。

篤子はずっと夢を見ていた。夢の中で、とても恐ろしい声を聞いていた。成親に助けを求めても彼はなかなか現れてくれなかった。

けれども、気配はいつも近くに感じていた。

成親がいてくれれば、恐ろしいものでも怖くない。

結婚したときから、それは篤子の秘密だった。

自分が眠っていたのはどのくらいだったのか。成親が戻ってきたら訊いてみよう。

うつらうつらとしながら、胎に手を当てる。

この子が生まれるまでは、何があっても耐えてみせる。

どうしてか、そんなふうに考えている自分がいて、それがとても不思議だった。

何があるというのだろう。

——許せ、篤子……

耳の奥に突然響いた声を聞いて、篤子ははっと目を開けた。

夢うつつで聞いたそれは、確かに夫のものだった。

目だけを彷徨わせてみるが、夫はどこにもいない。

出仕したのだと、子どもたちが言っていたではないか。

「許せとは……何を……」

少しの不安を抱えて呟く声に、返る声はなかった。

◆　◆　◆

巳の刻になると、先触れの伝えたとおり、竹三条宮に左大臣がやってきた。

脩子のいる母屋ではなく、少し離れた廂の間にとおされたようだった。

「左大臣は何をしに来たのかしら」

雑鬼たちと絵物語を広げていた脩子は、廂の間が気になって物語が頭に入ってこない様子だった。

「話があるんだよ、きっと」

訝る脩子に猿鬼が答える。一つ鬼と竜鬼は思わせぶりに視線を交わすが何も言わない。

「話なら、私にではないの？　私がこの宮の主よ？」

猿鬼はううんと唸る。

「昨日姫宮ずっと帳台に籠もってたろ。あのときにも、来たんだよ、左大臣の奴」

「そうだったの？」

目を丸くする脩子に、一つ鬼が片手をあげる。

「そのときに、家令たちとちょっと色々話してたから、多分それのつづきだよ」

「あんまり長くかからないといいけどな」

竜鬼がちらと廂の間のほうに視線をやる。

彼らの言葉は、妙に歯切れが悪かった。奥歯にものが挟まったような響きを感じて、脩子は
それがとても気にかかる。

視線をめぐらせて、脩子は瞬きをした。

「ねぇ、嵬はどこにいるの？　ずっと姿が見えない」

そうして、気づいた。嵬だけでなく、今日は朝から風音の姿を見ていないのだ。

「ああ」

竜鬼が口を開く。

「鴉は安倍邸だよ。風音もな」

「え？」

思わぬ言葉に目を瞠る脩子に、猿鬼が腕組みをして答えてやる。

「俺たちも詳しいことはあまりよくわからないんだけどさ。夜に式神がきて……晴明のとこの
式神な、わかるだろ？」

脩子は頷く。何人もいる十二神将の、うちの数人とは面識がある。

「で、明け方になる前か。鴉の奴が急に慌てて飛び出していったんだ。方角からしてたぶん安倍邸」

「で、気になった俺が、一応確かめに行ったら、やっぱり晴明のところにいてさ」

一つ鬼が言うには、こうだった。

晴明の室の簀子に、おっかない女の式神と風音が横たわって、ふたりともぴくりとも動かない。鴉は風音の横で黒い顔を青くして、姫、姫、と声まで蒼白にしていたらしい。

竜鬼が首を傾けて、片前足を顎に当てた。

「風音の奴は、昌浩から色々頼まれごとをしてたからな。それで何かあったみたいだ」

雑鬼たちは詳しいことは知らないが、風音が都を守るために走り回っていることは知っている。不在を誤魔化す協力もしてやっているので、それなりに仲間意識が育ちつつある。

もっとも、とうの風音にしてみたら、都の雑鬼に仲間扱いされるのは不本意かもしれないが。

「そう……」

頷いて、脩子は考え込んだ。

自分の知らないところで、また風音が危ない目に遭ったのか。

彼女はとても強いけれども、だからといって不死身ではないし、少し前には体調を崩して臥せってしまったこともある。

彼女は脩子の頼りだ。黙ってそこにいてくれるだけで安心する。

命婦も女房の菖蒲も不調がつづいているいま、藤花がいてくれても風音がいないのはどうにも心細い気がした。

「いつ戻ってこられるのかしら……」

気遣う脩子に、三匹はううんと唸って腕組みをする。

「晴明が言うには、回復まで少しかかりそうなんだと」

「ちゃんと宿下がりって形にして休ませたほうがいいんじゃないか」

「宿下がりするにしても、本人がいないのはまずいだろ。鴉の奴が帰ってこないと、俺たちでも誤魔化しきれないぞ」

「じゃあ…」

脩子が言いかけたとき、廂の間から、調度品が倒れるような激しい音が轟いてきた。

脩子は雑鬼たちと顔を見合わせる。

「なに……？」

次いで、罵声のようなものが聞こえた。

「左大臣の声だ」

呟いたのは竜鬼で、唇を引き結んだ猿鬼と一つ鬼は黙ったまま駆け出している。

脩子は竜鬼とともに猿鬼たちを追いかけた。

廂の間では、円座に立ち上がった左大臣が、平伏している家令と藤花を怖い顔で見下ろしていた。

妻戸の陰にひそんで様子を窺う脩子は、左大臣が鬼気迫る形相をしていることに驚いた。

あんなに恐ろしい顔をした道長を見るのは初めてだ。

道長は握り締めた拳を震わせて、藤花をぎっと睨んだ。

「扇はどうした」

「それは、その……」

言い澱む藤花に詰め寄る道長を、間に入った家令が必死で止める。

「おやめください、左大臣様。いくら大臣様とあっても、このようお振舞いはあまりにも非礼にございます！」

すると左大臣は、凄まじい眼光で家令を黙らせた。

「わしは、この女房と話しておるのだ。わしが非礼というなら、割って入るそちは無礼であろう。控えよ！」

落雷のように激しい語気に打ち据えられて、家令は押し黙るしかなくなる。

　脩子は眉根を寄せた。

「扇？　何の話？」

　答えたのは竜鬼だ。

「左大臣が藤花に、また歌を持ってきたんだ」

「それで、次に来るときに答えを聞くって」

「でもまさか、昨日の今日、しかもこんな早々来るなんて誰が思うかよ」

　渋面になる猿鬼に、残る二匹がそうだそうだと眉を吊り上げる。

「歌……？」

　呟いて、脩子は思い出した。

　ここ最近、何かにつけてこの宮に伺候するようになった左大臣。彼は来るたびに、藤花に貴族の公達からの文を携えている。

　藤花は安倍晴明ゆかりの、橘氏の血を引く娘だから、自分の手駒として取り込もうとしているのではと、命婦が勘ぐっていた。

「藤花は、どう思っているの？」

　左大臣が詰め寄っても、藤花は平伏して許しを請うばかりだ。

　頑なその態度が、左大臣の怒りの火に油を注ぐ。

「答えぬならばそれでいい。来るのだ」

左大臣は吐(は)き捨てると、藤花の腕(うで)を掴(つか)んで無理やりに引き立てる。

「お許しを、どうか」

藤花は抗(あらが)うが、非力な女性が男の膂力(りょりょく)にかなうはずがない。

「左大臣様、おやめください」

「どけ！」

阻(はば)もうとした家令を突(つ)き飛ばし、道長は藤花を無理に急(せ)き立てていく。

「だ、誰か…」

胸を押さえて咳(せ)き込みながら家令が上げた声に、脩子は思うより早く動いていた。

「あっ、姫宮！」

驚く雑鬼(ざっき)たちの声が背に当たる。

廂(ひさし)の間に飛び込んだ脩子は、道長の行く手をふさぐように立ちはだかった。

突如(とつじょ)として姿を見せたこの宮の主(あるじ)に、さしもの左大臣もひるんだ様子を見せた。

脩子の視線が自分の手元に向けられているのに気づき、藤花の腕を渋々(しぶしぶ)解放すると、左大臣はその場に膝(ひざ)をついて一礼する。

「姫宮様に置かれましては、ご機嫌麗(きげんうるわ)しく」

「道長、お前は何をしているの」

場違(ばちが)いな型通りの挨拶(あいさつ)をさえぎってぴしゃりと言い放つ。すると左大臣は、苦々しげな顔でこう答えた。

「晴明ゆかりの姫をぜひにと乞う者がおりまして。占によれば、今宵が吉日。これを逃せば障りが出るとのことで、不躾ながら迎えに参った次第」

藤花は左大臣からできるだけ離れ、平伏する。

「お許しを。そのようなお話は、もう……」

「黙っておれ」

藤花の弱々しい拒絶を道長の荒々しい語気が完全に押し潰す。

「こちらの宮には、知性と教養に長けた選りすぐりの女房を当家より遣わしますゆえ、この娘をお渡し願いたい」

語調は慇懃な体裁を保っているが、道長の目がおとなしく引き渡せと凄んでいる。

あまりにも常軌を逸した振舞いに、脩子は怒りや苛立ちよりも、困惑した。

仮にも政の中枢にいる男が、なぜこのような浅はかな真似をするのか。

「姫宮様」

低い声が脩子の鼓膜を震わせる。先ほど突き飛ばされた家令や、平伏している藤花の肩がびくりと震えるほどの迫力だった。

しかし脩子は、鬼気迫る左大臣のぎらぎらとした目に睨まれても、一歩も引かなかった。

すうと息を吸い込むと、脩子は静かに口を開いた。

「……道長、お前は何を言っているの？」

唐突な問いかけに、虚を衝かれた道長は眉根を寄せる。

「は……？」

妻戸の陰から梁に飛び乗って廂の間に移動した雑鬼たちも、突然の展開に息をひそめているのが伝わってきた。

平伏する藤花の、可哀想なほど萎縮した姿を一瞥して、脩子は瞬きをした。

脩子の脳裏をよぎるのは、打乱筥に入れて布をかけられていた、あの反物だ。

晴明よりも歳のずっと若い者に良く似合う色。

――……おそらく、仕立てることはないと思います

あのとき藤花が一瞬だけ見せた、寂しげな瞳。

脩子は手のひらを握り締める。

「藤花は私の女房よ」

思いのほか強い声音に、道長の眉が撥ね上がる。

「いや、しかし……」

「お黙り」

反論しかけた道長をさえぎって、脩子ははっきり言い放つ。

「藤花はこの宮の女房ではないわ。私の女房よ。藤花のことでお前に口をはさむ権利はない」

左大臣の目が怒気をはらんで燃え上がる。

梁の上で雑鬼たちが、臨戦態勢に入ったのが伝わってきた。万が一道長が横暴な態度を取るならば、容赦なく迎撃する構えだ。

「お言葉ながら、それはあまりにも……」

左大臣は脩子をひたと見据え、抑えた語気で低く唸る。

しかし脩子は一歩も引かなかった。

「聞こえなかったの？　藤花は私の女房よ」

一旦言葉を切って、喉に力を込めた。

「――藤花の結婚相手は、帝の姫である私が決めるわ」

この言葉には、さしもの道長もぐっと押し黙った。

お前がいま対峙しているのは、十にも満たないただの子どもではなく、この国の至高の地位につく男の娘であると、脩子は真っ向から宣戦布告したのである。

内親王である脩子の身分は、帝を差し置けばこの国でもっとも高い。

もしそれを否定するならば、道長は帝より授けられた己れの地位をも否定しなければならなくなる。

そして何より、皇家の血筋をないがしろにすることは、帝に仕える藤原の氏の長者として、決して許されない行いだ。

藤原の権勢は、帝を頂いてこそ。帝が至高の座に君臨し、その意を受けて、臣下である藤原氏が政を差配するのだ。

長い時間をかけて藤原氏を芯に作り上げたその秩序を、道長が崩してはならなかった。

「…………」

左大臣はぎりぎりと唇を噛み、黙然とこうべを垂れる。

「これよりのちは、いずこの公達からの文もいらない。そのように、お前の知る者たちに申し伝えなさい」

凛と響く声に、道長は短く応じる。

「は……」

脩子は冷たく目を細めた。

「――左大臣、参内の途中でしょう。お前たちが政を正しく動かしていることを、私は知っている。お前たちがいなければこの国は立ちゆかない」

これは真実だった。脩子は賢い。自分がこの身分でいられるのも、居丈高に振舞っても許されるのも、帝を差し頂く者たちがいるからだと、わかっている。

だから、その地位に見合った責を負わなければならないということも知っている。天勅を受けて伊勢にくだってから、彼女の心にはそういった想いが芽生えていた。

道長の目に燃え立っていた怒りの炎が徐々に鎮まっていくのを見て取りながら、脩子はすっと身を引いた。

「お父様がきっと待っていらっしゃるわ。お行き」

道長は、体を縮こまらせて平伏している藤花を肩越しに一瞥した。

彼が納得していないのは明白だった。しかし、内親王にここまで言われては、もはや手を引くしかない。

ここに置いておけば、いつかその身が危うくなるのでは。

道長はそれをひたすらに案じていた。脩子はいい。心から慕っているのが見て取れる。

本人も慎ましやかながら幸せそうにしている。

けれども、そんな生き方をさせるためにこの娘を手放したわけではないのだ。

最高の幸せを与えてやりたかった。政の道具にしたことは事実だが、だからといって親子の情がないわけではない。

血筋に相応しい公達と縁を結ばせてやりたかった。藤原の姫であると言えれば、見目良く地位も財産もある若者がいくらでも押し寄せてくるのに、それができないばかりに苦労させるのが哀れでならなかった。

「…………では」

道長が立ち上がる。

その背に藤花は、か細い声を向けた。

「左大臣様」

道長は立ち止まるが、振り返らない。

「あたたかなお心遣い、感謝申し上げます」

けれども、自分はこれでいいのだと、その想いが道長に伝わる。

道長は脩子に一礼すると、廂の間を後にする。

脩子はほうと息をついた。

「少し、休むわ」

家令と藤花に来なくていいと身振りで伝え、脩子はくるりと身を翻した。

◆

◆

◆

10

一陣の風が、大内裏に吹き抜けた。

塗籠番の交代に入っていた安倍昌親は、ふと顔をあげた。

「風……」

かすかな神気がその中に感じられて、昌親は腰を浮かした。

辺りを見回す。

陰陽部のほうから、吉昌と陰陽頭が足早に駆けてくるのが見えた。

「中の様子は」

息せき切った父に、昌親は首を振りながら扉を開ける。

「先ほど父上の使いが……」

吉昌の言葉に昌親は頷いた。神将の誰か。風なら太陰か白虎だろう。

時留の術の中で眠る敏次は、変わらずに横たわっている。

退魔の結界を越えて敏次に近づいた三名は、膝をついてじっと様子を窺った。

陰陽頭が敏次の額に刀印の切っ先を当て、口の中で術を解くための呪文を唱える。

息を呑む昌親を吉昌が目で制止した。

じっと見つめていると、敏次の瞼がかすかに震えた。

「…………う…」

のろのろと瞼が上がり、焦点の合わない目がしばらく彷徨う。

眩しそうに眉をひそめた敏次は、自分を覗き込んでいる三名の顔に気づいて、戸惑った様子を見せた。

「……あ……」

陰陽頭が敏次に深く頷いて見せた。

「よく、耐えた。もう案じることはない」

そのひとことで、すべてが伝わった。

敏次の唇が震えながら何かを紡ぐ。

耳を寄せた昌親は、気息にしかならなかったそれをはっきりと聞き取った。

——まさひろどの、が
「……うん。きっとね、そうだと思うよ」

昌親が微笑むと、敏次も泣きそうに顔を歪めた。

心底安堵した面持ちの陰陽頭と吉昌が、寮官たちに敏次の生還を報せるために急いで塗籠から出ていく。

「あ……」

頭と博士にそんな使い走りをさせるわけには、と言おうとしたときには、ふたりの姿はとうに見えなくなっていた。

昌親は息をつくと、敏次の傍らに腰を下ろした。本日塗籠の裏で番をしているのは、陰陽生の日下部泰和だ。きっといまも全力で任についている。

「日下部殿」

呼びかけると、張りのある声が応じてきた。

「はい？　どうされましたか、まさか敏次殿に何か…!?」

語尾が緊迫で硬くなる。

昌親が敏次の目覚めを伝えると、泰和は文字どおり飛び上がって、連子窓から中を覗く。

入ってくるように勧めたが、まだ任を解かれていないのでと、泰和は丁重に辞退して再び連子窓の下に端座したようだった。

「昌親様、ほかの者が来るまで、そこをお願いします」

泰和の頼みに、昌親は苦笑する。

じきに報せを聞いた陰陽生たちが飛んでくるだろう。みな疲弊しきってひどい顔になってしまっているが、それが報われたのだから心は晴れ晴れとしていることだろう。

ばたばたと足音がして、陰陽生たちが次々に飛び込んでくる。

「敏次、敏次！」

「良かった！」

「こいつ、心配させやがって……！」

感極まって涙ぐみながら、彼らは思い思いに敏次の生還を喜んでいる。

その場を離れた昌親は、集まってくる人影の中に兄の姿を探した。

おそらくもっとも心を砕いていたのが成親だ。敏次の目覚めを聞けば、誰よりも安堵して喜ぶだろう。

「すまないが、陰陽博士はいずこに？」

陰陽生を呼びとめて問うと、彼は首を傾げた。

「博士はまだお見えになっておりません。昨夜遅くまで番につかれていたので、いつもより遅い出仕なのだと思います」

「そうか、ありがとう」

「いえ」

陰陽生に礼を言って、昌親は陰陽部に足を向ける。

敏次の許に全員が向かったらしく、誰もいない陰陽部は奇妙にがらんとしていた。

陰陽博士の席には、本日決済と思しき書類が高々と積み上がっている。

この量を片づけるのは大変だろう。出仕があまり遅くなると、深夜までかかりそうだ。

「まだかな」

渡殿に出て辺りを見回すが、それらしい人影はなかった。

「早く来ないと、陰陽寮の寮官全員に後れを取りますよ、兄上……」

◆　◆　◆

額に冷たいものが触れて、昌浩はふっと目を開けた。

「あ、ごめんなさい、起こした？」

太陰が、濡らして絞った布を額に置いてくれたらしかった。

昌浩はかすかに頭を振った。

「や、だいじょうぶ……」

呟く声がいやに遠い。高熱で五感が覚束なくなったときのあの感覚に近かった。

どこかの屋内だった。朽ちた柊があるあの家だろうとあたりをつける。

起き上がろうとしたが、体に力が入らなかった。

諦めてふうと息をついた昌浩は、ふいに眉根を寄せた。

「……太陰、なんだか、力が…？」

発する神気が強いのか、肌にぴりぴりとしたものが伝わってくる。

「ああ」

頷いて、太陰は昌浩の横を指さした。緩慢に視線を向けると、首に下げていたはずの道反の勾玉が、見事に砕けていた。

「これがないと見えないでしょ。だから」

「そ、か……」

得心がいって、昌浩は深々と息をついた。

全身が熱い。負荷がかかりすぎて、悲鳴を上げているのだ。

昌浩は目を閉じて、記憶を手繰る。

神に死せる運命を替えて、形代の翅に新たな命を接ぎ直す。

言葉にすれば簡単だが、それには尋常でないほどの力が必要だった。

人の運命をいじるのは、これほどに凄まじい負荷が術者にかかるのだと、昌浩は思い知った。

もともと霊力のほとんどを使い果たしていたのに加え、道反の勾玉が耐え切れずに砕けた。

えていない。

天狐の血が解放されそうになったのを、どうやって抑え込んだのかは、昌浩はあまりよく覚えていない。

疑問を口にすると、太陰は視線をめぐらせた。それを追うと、壁に寄りかかっている比古と、横たわった氷知が目に入った。

「あのふたりがなんとかしてくれたのよ。それにほら、氷知は、神祓衆でずっとあんたのことを調べてたじゃない？　あとあとのために、天狐の血を制御する方法を菅生でずっと模索してたんですって」

何気ない太陰の言葉に、昌浩は頰を引き攣らせた。

「へ、へぇ……」

待て。神祓衆はまだ諦めていなかったのか。

動けない氷知に代わり、実際に抑制の術を操ったのは比古だという。

「そうなんだ。ありがとう、比古。助かった」

心からほっとして告げると、比古は静かに笑って、ふいに立ち上がった。

「水、持ってくる」

短く言い置いて、ふらりと家から出ていく。

太陰はそれを、気遣わしげな面持ちで見送る。

「……ずっと、ああなの。ほとんど何も言わない」

智鋪が何年もの間真鉄の体を操っていたこと。それに気づきながら、自分ではとどめを刺せなかったこと。

　それらが比古の心に重くのしかかっているのだ。

　しかし昌浩には、どうしてやることもできない。力になりたいが、何をどうすればいいのかがわからない。

　一度瞬きをして、昌浩は氷知を見やる。

「氷知の具合は？」

「大分ひどい。あんたが目を覚ましたら、すぐに菅生に戻るつもりだったの」

　昌浩は目を瞠った。

「だったら俺のことはここに置いて、氷知だけでも先に連れて行ってよかったのに」

　太陰は肩をすくめた。

「そうしたかったんだけど……いくらなんでも、護衛なしはまずいでしょ」

「え…だって、六合が」

　言いかけると、太陰はちらと視線を滑らせた。

　彼女の見ているところには、何もない。

　訝る昌浩の様子に気づいて、太陰は瞬きをした。

「あ、そっか。見えないんだったわ。そこに六合が横になってるの。──穢れに神気を根こそぎ抜かれて、目を覚まさない」

だからか、と昌浩は思った。視えないのは仕方がないが、ほんの僅かな神気すらもまったく感じられなかったのは。それほど完全に奪われたなら、都で正体を失っている物の怪同様、いつ目覚めるかわからないということだ。

実は先ほどまで氷知の意識もあったらしい。太陰は氷知と比古に昌浩と六合を頼んで、帝と敏次の魂蟲を都に運んできたのだ。

二羽の魂蟲を晴明に預け、そのままとんぼ返りしてきた。

「さっき晴明の式がきて、敏次も帝も、助かったって」

昌浩はそれを聞いて、心底安堵した。ほっとすると同時に目頭が熱くなる。

「良かった……」

使えるだけの力をすべて使い果たしたが、敏次が戻ってきたなら、もうそれでいい。

回復するまでにはかなりの時間を要するだろうが、致し方のないことだ。

智鋪の祭司は消え、木枯れを生み出していたあやめも、柊子とともに扉の向こうに去った。

結局、真の扉がどこにあるのか、誰にもわからないままとなったが、それで良かったのかもしれない。開けば、黄泉の軍勢が地上にあふれ出す。隠されたまま、どこかに埋もれてしまうのが一番なのだろう。

都に戻る前に、四国や中国に残る穢れを祓わなければならないだろう。

大丈夫だ、昌浩ひとりでは手に余るが、比古も氷知もいる。彼らも満身創痍ではあるけれども、回復すればとても頼りになる術者たちだ。

「少し、寝る……」

呟きを聞いた太陰が振り返ったときには、昌浩は既に寝息を立てていた。

太陰は肩をすくめて、小さく笑った。

夕映えの空が広がっている。

外に出た比古は、朽ちた柊の幹を全力で殴りつけた。

「……俺が……やらなきゃ、いけなかったのに……！」

智鋪に乗っ取られた真鉄に、昌浩ではなく比古自身がとどめを刺さなければならなかったのだ。けれども比古にはそれができなかった。

昌浩が叩き落とした雷神の剣は、真鉄に直撃してその身体を木端微塵に吹き飛ばした。

亡骸の欠片も残っていない。

朽木の根元で、比古はうなだれる。

「やっぱり、形見は残してくれないんだな……真鉄……」

◆　◆　◆

陽が暮れて、夜の帳が世界を覆う。

書を開いていた脩子は、文字が読みにくいほど暗くなっていたことに気がついた。

誰かを呼ぼうとしたとき、手燭を持った藤花がやってきた。

「姫宮様、灯りを……」

燈台に油を足して、芯に手燭の火を移す。燈台に点った炎が長くのびて、竹三条宮の母屋をぼんやりと照らした。

藤花は手燭を脇に置き、開いたままあちこちに散らばっている絵物語の巻物をくるくると巻いていく。

「それは……」

弁解しようと口を開きかけた脩子に、藤花は微笑んだ。

「わかっております。雑鬼たちでしょう?」

あの三匹は、脩子を楽しませようとして色々なことをするのだが、後片づけまで気が回らないのが玉に瑕だ。

脩子はばつの悪い顔で言った。

「あとで、ちゃんと片づけようと思っていたのよ。でも、つい忘れてしまって……」

新しい書を読んでいるうちに時間がいつの間にか経っていた。

「みんなは？」

「安倍邸に行ってくると言って、先ほど飛び出していきました」

「そう、そうだったわ」

戻ってこない風音の様子が気がかりだと脩子が漏らしたから、代わりに行ってくれたのだ。

脩子は書をそっと閉じて、慣れた手つきで絵物語を巻いている藤花の背に向き直った。

彼女は、いつだったかに、ずっとこの宮にいて、脩子に仕えてくれると言った。

けれどもたぶん、それではだめなのだ。

膝の上で両手を握り締めて、脩子は勇気を振り絞る。ちゃんと言わなければ。

「……藤花」

「はい？」

絵物語を数本抱えて振り返る藤花から、脩子はつい目を逸らした。

「姫宮様？」

首を傾げた藤花が、絵物語を箱にしまってから脩子の近くに座す。

「どうされました、姫宮様」

脩子は藤花に背を向けた。

藤花は俯いた脩子の背に手をのばそうとする。

「――あの、反物を」

突然切りだされた言葉に、藤花ははっとして手を引いた。

脩子が何を指しているのかわかった。藤花が局に置いている、あの反物のことだ。

「……いつか、ちゃんと仕立てなさい」

藤花に背を向けたまま、脩子は顔をあげる。その肩が小さく震えていることに、藤花は気づいた。

「でも、いますぐにではなくて。……そう、私の、裳着の衣装を仕立て終わってからよ」

裳着は、女子の成人の儀だ。それはおそらく、そう遠くない未来に訪れるはず。

「あれを、ちゃんと仕立てたら、お前は、この宮を出るの」

つかえながら、脩子は懸命に言葉を選ぶ。

その声が震えている。涙で揺れているのだ。

「……出ていくの。仕立て終わったら、ここにいることは許さない」

ひくりと、脩子の喉が息を吸い込む。

「一条は、それほど遠くはないから、いつでも戻ってこられるけれど」

いちじょう、と、藤花の唇が動く。

そこには、袂に妖車の棲む戻橋と――安倍邸が、ある。

「戻ってきては、だめよ。ちゃんと、ずっと、そこにいるのよ」

「…………………っ」

藤花は、思わず深々と頭を下げた。

涙があふれて頬を伝う。

いつの間にか、気づいていたのだ。隠していたことに。御簾に隔てられて、夢見ることすらも諦めていたことに。

そして、ずっとおそばに仕えると誓ったのに、ここから出ることを許してくれたのだ。

「…姫宮…様…っ」

いなくなってはいやだと、ついこの間まで全身で訴えていた十にも満たない子ども。

けれども彼女は、藤花の知らないうちに成長していた。様々なことがあって、成長せざるを得なかったのだ。

脩子の想いが本当に嬉しいのに、無理やりにでも成長しなければならなかったことがどうしようもないほどに切なく哀しい。

藤花は袖で涙を拭った。

「ありがとうございます、姫宮様……」

脩子は黙然と頷き、誤魔化すようにこう言った。

「何か、飲み物をちょうだい」

「はい」

腰を浮かしかけた藤花は、その刹那、小さな咳を聞き留めた。

反射的に振り向くと、脩子が背を丸めて口元を押さえている。

初めは小さかった咳は、徐々に大きく激しくなっていく。

「姫宮様、大丈夫ですか」

傍らに寄り添って背をさすろうとしたとき、脩子の口からごぼりという鈍い音がした。

「………っ」

脩子が目を見開いて、自分の手のひらを茫然と見下ろす。

手のひらも、口元も、せり上がってきた真っ赤な血に染まり、燈台の炎に妖しく照らされた。

「…っ」

脩子は喉首を押さえた。何かが腹の底から喉をとおってせり上がってくる。

「ひめ……」

藤花の呟く声が、脩子が再び大量の血を吐く音に掻き消された。

脩子はそのままぐらりと傾いて、血溜まりの中に倒れ込む。

血まみれの唇から、赤く汚れたものがずるりと這い出てきた。

よく見ればそれは、羽化したての蝶のようだった。

濃密な血の臭いで、藤花は目眩を覚えた。あまりのことに、思考が完全に凍りつき、体が動かない。

「――藤花様」

突然降ってきた呼びかけは、藤花にとって天の救いのように感じられた。

「菖蒲さ……」

青ざめて振り返った藤花は、ふつりと言いさした。

ゆらゆらと揺れる燈台の灯りが、母屋の妻戸にたたずむ彼女の面差しを照らしている。藤花は呼吸も忘れてそのひとを見つめた。

誰だ、これは。

こんなに美しい女性が、この宮にいただろうか。

目を奪われそうなほどに、心を奪われそうなほどに、凄味すら感じさせる美貌。

美貌の主が陶然と微笑む。

「どうなさったの、藤花様」

その声を藤花は知っていた。

「……あや……め……？」

彼女は艶やかに微笑んで、倒れた脩子に歩み寄ると、赤にまみれて震えている蝶を、白い指が汚れるのも構わずに拾い上げた。

「藤花様、長い間お世話になりました。さようなら」

手にした蝶と藤花を交互に見て、女はついと目を細める。

その瞬間、どこからともなく風が吹いた。

燈台の炎も手燭の灯りも、ふっと掻き消される。

闇の落ちた母屋に、風が抜けていく。

藤花はその風に覚えがあった。

どくんと、鼓動が跳ねる。

伊勢、だ。

葬列が、連れに来たときの。

闇で視界が利かない。藤花は必死に脩子を探し当てる。

「…ひめ…みや…さま……」

まとった衣や手がねっとりとした熱いもので濡れるのも構わずに、脩子を抱えると、藤花は
悲鳴のように叫んだ。

「誰か、誰か――――…!」

ぴちゃん……。

◇　◇　◇

風とともに闇の中に降り立った女を、片膝をついた男が出迎えた。

「お待ちしておりました」

男の応えに、女は満足げに頷いて、血まみれの蝶を掲げた。

「柊は、道を示してくれたのね」

智鋪の祭司は小さく笑うと、女を導くように歩き出す。

「憂いの根もすべて断ちました。邪魔立てできる者は、ひとりも残らずに」

「そう。良かった」

柊衆が罪を犯せば、彼らは転生の輪を外れる。そうなれば、彼らが行く先は、黄泉の扉の向こうだ。地上を彷徨うことはできない。彼らの記憶はそのまま扉の地図だから。

「扉への軌跡は、あやめが最期に残してくれました」

「可愛がってあげたのだから、それくらいは当然ね」

女は、血まみれの白い蝶を見つめて微笑む。
扉の鍵は、神の血と、神に連なる者の血と、――神の後裔の血。
その血に宿る力が濃ければ濃いほど、鍵としての役目を成す。
そして、内親王脩子は、現存する皇族の中で唯一の、天照大御神の分御魂だった。
「ようやく、大神を、この地に――」
喜々として紡がれる声が、闇に溶けていく。

『この骸を礎に、扉は久しく開かれるだろう……』

ぴちゃん……。

闇の中に、水のしたたる音がする。
血のしたたる、音がする。

やがて。
闇の奥深くで、ずっと隠されてきた大磐の動きだす音が、低く重く轟いた。

敷(し)いた道へ確実に誘(いざな)う呪(しゅ)。

その名を、――「予言」という。

あとがき

さてさて、前巻あとがきで次回につづくとなっていた、あの話を致しましょう。

皇室ともゆかりの深い古刹、浄土宗大本山清浄華院。

所在地はどこかと言いますと、京都御所の東隣、梨木神社の真横です。その辺りは寺町で、清浄華院以外にも幾つもお寺が並んでいます。

御所の隣なのでわかりやすいかと思いきや、京都観光には詳しいはずのタクシーの運転手さんでもここを知らない人がいて、隠れスポット感が高まります。

清浄華院はその昔『禁裏内道場』として、内裏の中にあったのだとか。

映画や漫画で、時の帝が祈禱をさせるため「僧都を呼べ！」と命じますが、僧都の皆様が内裏の外からやってきて祈禱をしたのが、禁裏内道場。

そうかー。私も書いてたあれってここだったのねー。

その日、京都は土砂降りでした。それはもう見事なまでの凄まじい雨で、これはもしや清浄華院の仏様に拒絶されてるのかと思うほど。いやほんとに。

なんとか到着し、出迎えてくださったお坊様に、挨拶もそこそこに、お願いして新聞紙を頂きました。靴に新聞紙を詰めて乾かすなんて学生時代以来ですよ……。

楽しみにしていた日に土砂降りなんて、と打ちのめされていたら、メガネのお坊様が。

「いやー、こんなに激しい雨なんて、吉兆ですよ。うちでは何かが大きく動くとき、ゆかりのある龍神さんが雨を降らせるんです。なので、今回も龍神さんが動いてはるなぁと」

そうなのね。ならばこのずぶ濡れ加減にも意味があるのでありましょう。ちなみにこの方が問い合わせのときに応対してくださったお坊様でした。その節は大変お世話になりました。

その後事務所の奥に通して頂きまして、今回お話を聞かせて頂く法務部長さんと対面です。

「ようこそおいでになりましたなぁ。ちょうどね、この秋に、泣不動縁起絵巻に描かれている秘仏の絵像が公開になるんですよ」

弟子の身代わりになったあれですね、なんと。

余談ですが、絵に描かれた仏像を絵像というのだと、初めて知りました。

「その絵像ね、何百年も倉庫で眠っていたんですけど。いま修復に出してましてね」

へぇ。

「絵像のお不動さんが、『暗いからこんなところでは働けん』と訴えてこられましてねぇ」

へ、へぇ？

なんでも、縁あってこちらを訪れた、神通を持ったとあるお坊さんの口を借りて、不動明王御自身がそのように訴えられた、とか。

ああ…うん…お寺ってきっと、そういうこと、あるよね…。力のある仏像って、きっとそういうことだよね…。神社でもそういうことよくあるもんね…。うん…よくある話…。

しかも、不動明王はオールマイティだから、大願成就とか病魔退散とか家内安全とか、あらゆる願いをかなえてくれるので、働いてもらえたほうがありがたいわけです。ちなみにこちらは病魔退散の御利益が抜きん出ているとか。様々な事例を伺いました。へえぇぇぇ。

「そんなわけで、今年の秋10月28日に秘仏開眼法要が行われますから、ぜひまたいらしてください。安倍晴明とゆかりのある絵巻の絵像ですのでね。秋以降はご本尊さんの横にずっとおられますから。そもそもあの絵巻はね～」

と、快活に話してくださるこの方、身分は執事らしく、どうやらとても偉い方。

執事というのは、お寺で一番偉い住職（清浄華院では法主と呼ぶのだそう）の身の回りの世話とか雑事を受け持つ人だとか。なるほど、執事ってあの執事なのね。

確実に偉い方なのに、なんとも気さくで笑顔が爽やか。しかし眼力鋭く、朗々と響く張りのある声。これでお経を読んだり真言を唱えたりしたら、さぞかし聞き応えがあるに違いない。

しかもこの方、ユーモアにあふれたリズム感のある話し方。楽しくて聞き入ってしまいます。泣不動縁起絵巻や安倍晴明、陰陽道とのかかわりを、それはもう詳しく聞かせて頂いたのですが、あまりにも面白かったので、次の『陰陽師・安倍晴明』や新作のネタにすることにしました。ので、ここでは割愛いたします。今後をどうぞお楽しみに。

さて、せっかくですので、私の人生にはまったく馴染みのない、仏教と、浄土宗についても伺ってみました。すると。

「日本の仏教いうのはね、イノベーションなんですよ」

イノベーション⁉　革新⁉　どういうこと⁉

私は神道一直線で、仏教とは無縁の人生です。せいぜい日本史の授業で習った程度の知識しかなく、私にとっての仏教は、なんだか同じようなのが色々あってよくわからないもの。

なのに、難しいはずの仏教のあれこれが、びっくりするくらいすらすらと頭に入ってくる。

わかりやすいたとえを色々と出して、理解できるようにしてくれているのです。

すごい、なんて教え上手。いま私人生で初めて、仏教って面白い、と本気で思ってる……！

いや、私の仏教に対する知識欲開眼物語については別にいいのです。

それよりも、安倍晴明絡みで公にはしていないことを特別に教えて頂いた話をしましょう。

清浄華院の敷地内にある不動堂に不動明王木像が鎮座ましましているのですが、真言を唱えるといいことがある、かも。少なくとも不動明王の利剣で邪気は打ち祓われるとか。

不動明王真言は実は二種類あるらしいのですが、こちらで唱えられているのは、なんと晴明や昌浩が唱えているのと同じものなのです。そして、不動明王像の横には、なんと……！

いったい何があるか興味の持たれた方は、一応事務所で許可を頂いてから不動堂へどうぞ。

さらに、これは本当に知る人ぞ知る、だったそうなのですが。

清浄華院には、公には御朱印がふたつ。改宗開山の法然上人と不動明王。しかし、なんと、事務所で「御朱印ですが、晴明さんを…」とお願いすると、特別に晴明朱印を書いて頂けるということなのです。

そして、個人的にとても興味をそそられたのが、毎月28日午後3時から行われているという護摩供養。

護摩焚き。願いを書いた護摩木を焚いて、天をつくほどの炎に乗せて祈願する、あれです。特別なときにしかやらないイメージだった護摩焚きが、ここでは毎月行われていて、誰でも参加OK。数百円で護摩木も書けて、昌浩も何度も助けてもらっている不動明王に祈願できちゃうなんて。行くしか。

基本としてお寺のお参りの仕方も伺いました。

「宗派によって違いますからね。できれば静かにゆったりとした気持ちで、神社のように拍手は打たず、合掌です。ご本尊さんや仏像には合掌して礼をする」

そして、法務部長さんは最後にこうおっしゃいました。

「仏像とかね、特に有名な国宝とか、見てもなんだか、展示物みたいな感じでしょ。あまり頭を下げる気にはならんでしょうね。けれどもね、我々にとっては、国宝でもそうでなくても、毎朝毎晩礼拝をして祈る、尊いものなんです。ですので、そこに日々向けられている祈りや想いといったものを、覚えておいてもらえたらと、思うんですよ。お寺でお勤めしている坊さんはみんな、礼節と敬意をもって、仏像を大切にしているんだ、とね」

それは、仏教とか、それだけの話ではなくて。

人が人と関わり合って生きていく上で、とても大切なことを伝えようとされていたのだと、思います。

二時間半ほどの取材で伺った話はあまりにも膨大で、あとがき程度ではとても書ききれるものではありませんでした。ので、余すところなく今後の作品に活かしていきたいと思います。

お不動さんの霊験あらたかな安倍晴明の隠れスポット、清浄華院。京都旅行の際には訪れてみてください。運が良ければお坊さんの楽しいお話を聞けるかもしれません。

そして、晴明朱印と護摩木をぜひ。


少年陰陽師第九章道敷編、いかがでしたか。ぜひ感想を聞かせてください。

ここまで本当に長い時間がかかりましたが、ようやく道を敷き終わりました。

『少年陰陽師』という物語は、次章からついに、幕引きに向かいはじめます。

この先どうなっていくのか。いったい何が待ち受けているのか。どうぞお見逃しなく。

それでは、次の本でまた、お会いできますように。

結城光流

「少年陰陽師　かたしろの翅を繰り紡げ」の感想をお寄せください。
おたよりのあて先
〒102-8078　東京都千代田区富士見1-8-19
株式会社KADOKAWA　角川ビーンズ文庫編集部気付
「結城光流」先生・「あさぎ桜」先生
また、編集部へのご意見ご希望は、同じ住所で「ビーンズ文庫編集部」
までお寄せください。

少年陰陽師（しょうねんおんみょうじ）
かたしろの翅（はね）を繰（く）り紡（つむ）げ
結城光流（ゆうきみつる）

角川ビーンズ文庫　BB16-59　19391

平成27年11月1日　初版発行

発行者———三坂泰二
発　行———株式会社KADOKAWA
東京都千代田区富士見2-13-3
電話(03)3238-8521(カスタマーサポート)
〒102-8177
http://www.kadokawa.co.jp/
印刷所———暁印刷　製本所———BBC
装幀者———micro fish

ISBN978-4-04-103020-2C0193 定価はカバーに明記してあります。